T・ラヘイ & B・フィリップス／著
公手成幸／訳

ノアの箱舟の秘密（上）

The Secret on Ararat

扶桑社ミステリー
1008

一九七一年に月面を歩いた、有名な宇宙飛行士、ジェイムズ・アーウィン大佐の霊にささげる。

大佐は一九八〇年代を通じて、イエス・キリストと聖書への信仰をもとに、沓として所在の知れないノアの箱舟の探索に励んだ。ノアの箱舟は、アララト山のごつごつとした山腹の高みに、ほぼ五千年にも渡って氷漬けとなって残っていると信じるひとびとが多数おり、彼らはいつの日か、大佐のような人物がその場所を突きとめて、〝史上最大の考古学的発見〟が実現することを期待している。

序文

アラト山は一八四〇年の大地震で上側のほぼ三分の一が吹き飛ばされたが、それ以前にも、ノアの箱舟の残骸を目撃したという報告はいくつもなされていた。その地域の山地の住民から探索の専門家に至るまで、信頼の置ける多数のひとびとが、それを目撃したと主張している。一九一七年のロシア革命の直前に、少なくとも百五十名にのぼる白ロシア人兵士たちがそれを目撃した例が、たしかな証拠として挙げられよう。それが残っていることが明らかになれば、ノアとその家族が人類を存続させたという、聖書に記された物語の信憑性を議論の余地なく証明する、史上最大の考古学的発見となるだろう。

だが、すべての目撃談を集めてみると、ひとつ、愕然とするほど共通した要素が見えてくる。そもそものはじまりから今日に至るまで、勇敢な探索者たちのあらゆる努力に敵対する不吉な力が働いてきたのにちがいない。ではあっても、われわれは、探索のテンポが速まって、まさにわれわれの時代において、ついにノアの箱舟が発見されて、全世界がそれを見ることになるだろうと信じている。

前作『秘宝・青銅の蛇を探せ』で名を馳せた考古学者、マイクル・マーフィーは、本書『ノアの箱舟の秘密』において、これまででもっとも危険な探索に乗りだす。本書は、終末の時に関するさまざまな預言が現実となっていくなかで、またひとつ、刺激的な一歩をもたらすものとなるだろう。終末の時は、イエス・キリストの予言によれば、〝ノアの時代〟のようなものになるという。今日の社会がノアの物語にある洪水の前の社会にきわめて似ていることを、心から否定できるひとがいるだろうか？

ノアの箱舟の秘密(上)

登場人物

マイクル・マーフィー ―――― 主人公。プレストン大学教授。聖書考古学者
イシス・マクドナルド ―――― マイクルの友人。古代言語学者
シェイン・バリントン ―――― 通信企業〈バリントン・コミュニケイションズ〉社長
シャリ・ネルソン ―――― マイクルの教え子。考古学専攻
ポール・ワラック ―――― マイクルの教え子。シャリの友人
ジョン・バーソロミュー ―――― 〈ザ・セヴンズ〉のひとり
タロン ―――― 〈ザ・セヴンズ〉に雇われている殺し屋
ディーン・フォールワース ―――― プレストン大学文理学部教授
ハンク・ベインズ ―――― FBI捜査官
ティファニィ・ベインズ ―――― ハンク・ベインズの娘
レヴィ・アブラムス ―――― マイクルの友人
ヴァーン・ピーターソン ―――― マイクルの友人。ヘリコプターのパイロット
ノア ―――― 箱舟の建造者
メトセラ ―――― 謎の老人

1

息を。なんとしても、息をしなくてはならない。だが、息を吸いこもうとして口を開いたら、一巻の終わりになると、本能が知らせてきた。

マーフィーは歯を食いしばって、口ではなく、目を開いた。と、なにかの動物の黄色い双眼が、こちらを見つめてきた。そして、緑がかった薄闇のなかに、凶暴に開かれた顎《あぎと》が浮かびあがり、無音のうなりとともに、とがった歯がぞろりとむきだされた。マーフィーは手をのばして、そこに噛みつかせようとしたが、犬の顔は、また水中の闇にひっこんで、消えうせてしまった。

これはまずい。肺が爆発しないうちに、少しでも空気を吸いこまなくては。顔を上方、かすかな光があるほうへ向けると、浮きあがるのではなく沈んでいるのではないかと感じる恐怖の数瞬が過ぎたあと、頭が水面を破って空中に飛びだしていた。

水滴もろとも大きく息を吸いこみながら、穴の側面から突きでている細い岩棚にしがみつく。ぎざぎざした岩に頭をあずけると、凍るように冷たい水に、なにか温かいものがまじっている感触が伝わってきた。血だ。とたんに痛みが襲ってきて、堰を切ったように、さまざまな思いが頭のなかを駆けめぐりはじめた。

ローラ。もう、彼女に会うことはできないだろう。自分が、この神に見捨てられたへんぴな地で死んでも、彼女にはそんなことはわかりもしない。最後に頭に浮かんだのが彼女への思いだったことも、わかりはしないのだ。

そのとき、ふと思いだした。ローラは死んだ。自分の、この腕のなかで死んでいったのだ。

そして、いま、自分は彼女のもとへ行こうとしている。そう考えると、全身の力が抜けて、運命を受けいれようとするような感じになり、押し寄せる奔流にふたたび体が巻きこまれていく感触が伝わってきた。

だめだ！　あきらめるわけにはいかない。それでは、ついに、あの狂った老人に勝利をおさめさせることになってしまう。そうはいかない。なんとしても、脱出するすべを見つけださなくては。

とにかく、あの子犬たちを見つけだすのが先決だ。

マーフィーは岩棚に両手でしがみつくと、肺にできるだけ大量の酸素を送りこもうと、過呼吸になりそうなほど速く、深く、呼吸をくりかえした。洞穴探検の経験は豊富だから、必要とあれば、たっぷり二分間は水中にもぐっていられる。だが、それは体調が万全な場合のことだ。いまの自分は衝撃と出血に見まわれ、骨まで凍るほどの寒さにさらされており——そんな状態で、これまでずっと、渦巻く激流のなかに二匹の小さな犬たちの姿を探し求めてきたのだ。ふたたび、冷えきった水のなかに身をもぐりこませつつ、彼はふと——これが初めてではない——思った。どうして自分は、こんな困難な状況にみずから飛びこんでしまったのか。

その答えは単純だった。ただのひとこと。メトセラ。

さっきまで、マーフィーは、湿気た左右の黒い岩壁に懐中電灯の光をめぐらせつつ、慎重に足場を探して洞穴のなかを歩いていた。すると、ある時点で、もろい頁岩《けつがん》の上ではなく、しっかりとした木の板の上に立った感触が伝わってきた。どんな策略や罠が待ち構えているかも知れないと警戒していたから、マーフィーは燃える石炭の台に足をのせたときのように本能的な反応を示したのだが——飛びすさる暇もないうちに、さっと落とし戸が開いていた。そして、奈落のなかへ転落していくと、静寂を破って、耳慣れたあの甲高い笑い声があがり、周囲の岩壁にやかましくこだましたのだった。

「ようこそ、今回のゲームに、マーフィー！　こんどのゲームは切りぬけることができるかな！」

虚無の空間を回転しながら落ちていくあいだも、マーフィーの脳みそは適切な対応をすべく働いてはいた。だが、結局は、ずだ袋のように地面に激突して、うめき声をもらし、肺の空気がたたきだされたあげく、左右に身をふられて、大岩に頭をぶつけるはめになってしまった。一瞬、目の前が真っ暗になって、あたりは騒々しい闇に包まれた。すぐに、両手と両膝をついて四つん這いに身を起こすと、五感がひとつずつ順によみがえってきた。指のあいだにあるのは湿気た砂であることが感じとれ、口のなかにもそれが入りこんでいるのが感じとれ、よどんだ水のにおいが嗅ぎとれ、自分が落下した縦穴の暗い岩壁がうっすらと見分けられるようになった。

そのとき、濡れて、身を凍らせた——そして、ひどく怯えた——二匹の小さな犬たちの発する、むずかるような声が聞こえてきた。

その声のほうへ身をまわすと、狭い岩棚の上に、子犬たちが震えながら身を寄せあっているのが見えた。ジャーマンシェパードの子犬が二匹。マーフィーは首をふった。メトセラに関わることには、なんであれ、心の備えをしているつもりではあったが、どの出入口からも数マイルは離れている、この錯綜した地底の洞穴のなかで、二匹の子犬たちがなにをしているというのか？　飼い主とはぐれてしまい、いつの間にか、地表から遠く離れたこの場所に迷いこんできたとでも？　いや、メトセラによってここに置き去りにされた可能性のほうが大きい。

この犬たちもゲームの一部なのだ。

当然の人情として、うすよごれた子犬たちを腕に抱きあげ、なにも心配することはないんだよと言ってやりたいところだったが、彼はその気持ちを抑えこんで、そろそろと岩棚のほうへ近づいていった。子犬たちは、ひどく頼りなげに見えた。だからといって、無害だとはかぎらない。メトセラの仕掛けるゲームのなかに無害なものはなにもないし、もしメトセラがマーフィーに見つけさせるためにここに置いたのだとすれば、この犬たちは見かけどおりではないということになる。それなら、なにがそうなのかを見つけだすまでのことだ。

ちょうどそのとき、縦穴の底に落ちたときからずっと意識の奥のほうで感じつづけていた、なにかが間断なく滴るような音が、大きくなりはじめた。その音のほうへ身を転じたとき、それはいきなり轟音に変じ、岩の狭い隙間から、水が大波のようにどっと噴きだしてきた。水流は、一秒もたたないうちに、泡立つ波に足首をとられて倒れそうになるほど勢いを増していた。彼はメトセラの仕掛ける心理ゲームの性質を忘れて、岩棚のほうへひきかえし、子犬たちをジャケットの内側へ押しこんだ。そして、渦巻く水が胸まで昇ってくるなか、脱出路を見つけだす手がかりになるものを求めて、あわただしく周囲の壁を見まわした。この子犬たちは、ただの牽制だったのだ。足をすくおうとする水と闘いつつ、苦々しい気分で彼は思った。手遅れになるまで、真の危険はなんであるかに気づかなかったとは。

「心配するな、ちびたち。わたしがここから脱出させてやるからな」犬たちを元気づけようと、彼は実際に感じている以上の確信をこめて、そう言った。

そのとき、奔流に足をすくわれて身が浮きあがり、パニックに陥った犬たちがごそごそとジャケットのなかから飛びだしてきた。彼はなんとか水面から頭が没しないようにがんばりながら、犬たちをつかまえようとしたが、その指は冷たい水をつかんだだけで、すぐに、わが身が水に呑みこまれ、ランドリーの洗濯機のなかにほうりこまれた濡れた衣類のように、ぐるぐると回転して、どうにもならなくなった。

彼は目を閉じ、肺が必死に空気を求めはじめるのにもかまわず、おのれの心のなかに、落ち着いてものを考えられる場を見いだそうとつとめた。そして、いくつかの選択肢を検討してみた。水かさは、まもなくあの落とし戸のところまで達するだろうが、それはもう、脱出できないように封じられているにちがいない。となれば、水面下に別の脱出路を探しだすか？　それとも、子犬たちが溺れてしまわないうちに見つけてやるか？　自分だけで脱出路を探していたら、見つけだしたころには子犬たちは溺れ死んでいるだろう。さきに子犬たちを救おうとしたら、おそらくは疲れきって、脱出路を探すどころではなくなってしまうだろう。それも、もし脱出路があるとすればの話だ。

これ以上、選択肢を検討していても、しかたがない。

一縷の希望があるとすれば、これはゲームであり、その事実にしがみついていられるということだけだった。いくら死の危険があるとはいっても、ゲームにはそれなりのルールというものがあるのだ。

だが、どんなルールなのかを探りだせずにいるあいだにも、肺は悲鳴をあげつづけ、酸素の欠乏のために頭がぼんやりとしか働かなくなっていった。

空気を吸わなくては。それから、子犬たちを探そう。見つけだしたときに、まだ自分が生きているようなら、神がなんらかのひらめきを与えてくださるだろう。


マーフィーが研究室《ラボ》に入っていくと、作業台の上に身をのりだしている若い女性の姿に迎えられた。彼女は羊皮紙を精査しているところで、頭の後ろでポニーテールに編んだ漆黒の髪が、糊のきいた白衣と鮮やかな対照をなしている。カチャッとドアを閉じても、彼女は目をあげようとはせず、マーフィーはしばし笑みを浮かべながら、彼女の顔に浮かんでいる一心不乱な表情をながめやっていた。

「なにをにやにやしてらっしゃるの、先生？」かたときも羊皮紙から目を離すことなく、彼女が問いかけてきた。

「べつに、シャリ、なんでもないさ。ひとが仕事に没頭しきっている姿を見るのは、いいものだというだけのことでね」

　彼女はあいかわらず目をあげることなく、「ふん」と短く声をもらし、マーフィーはまたいっそう相好を崩した。シャリ・ネルソンは、彼がプレストン大学で担当している聖書考古学講座における最優秀学生のひとりであり、この二年間ほどはパートタイムの研究助手もつとめてくれている。その過程で、マーフィーは、彼女がこの研究対象に情熱を向け、きつい仕事を際限なくこなせる能力を持ち、鋭敏な知性を備えていることを認識するようになっていた。だが、なによりも高く評価しているのは、彼女が温かい心と寛容な精神を持ちあわせていることだ。彼女はいま、こちらを無視するような態度をよそおっているが、自分たちふたりはこの半年のあいだに、マーフィーは妻を、彼女は弟を失うという悲劇と心痛を、ともにくぐりぬけてきた仲だった。ふたりはいまも毎日、絶えず、そのことで心の痛む思いをしているが、マーフィーには、彼女はいざ必要となれば、なんであれ――いま研究している魅力的な古代文書のようなものであれ――いつでもほうりだす用意があることがわかっていた。

「さてと、どんな収穫があったのかな、シャリ？　あのちっぽけな陶器の破片を炭素年代測定にかけた結果はどうだった？」

「まだ、見ていません」とシャリは答え、羊皮紙を作業台の上にある透明なプラスティックの容器に戻した。「でも、ものが到着したのはたしかです」

彼女は、紫とオレンジ色でFederal Express《フェデラル・エクスプレス》の文字が印刷された、白い大きな封筒のほうへ手をふってみせた。

シャリが熱いまなざしで見つめるなか、マーフィーはその封筒をとりあげた。どうやら、彼女はそれを開けたいという好奇心を懸命に抑えこんで、マーフィーがラボに来るのを待っていたらしい。

「妙だな」彼は言った。「差出人の住所がない。たんにバビロンとあるだけで。フェデックスはふつう、こういう配達方法は採らないような気がするんだが」

シャリが息を飲む音が聞こえた。バビロン。それが意味するものはひとつしかないことは、彼女もよくよくわかっているのだ。それは、すべての災厄の元凶であるということを。

マーフィーが慎重に封筒を開いて、ふってみると、中身が——太字のマーカーでマーフィー教授と記された小ぶりな封筒と、地図の一ページをコピーした紙が——作業台の上に落ちた。彼はまず地図に目をやってから、その小ぶりな封筒を開いた。そのなかには、一枚のインデックスカードが入っており、そこに、みっつの単語がタイプされていた。

シェマー。ゼフス。コファー。

彼はそれをシャリに手渡して、自分は地図を調べにかかった。ピンクのフェルトペンで、ローリーから西へ、州境をこえてテネシー州に入る経路が示されていた。州境をこえたところで、そのうねるような線はとまっていて、そこに×印と、かろうじて判読できる細いぐにゃぐにゃした文字で四つの英単語が記されている。

「水の洞穴。なにか思い当たることはあるかな、シャリ？」

「絶対に行きたくない場所のような響きがありますね」強い口調でシャリは言った。

彼はたじろいだ。まさに、ローラが言いそうなことだったからだ。しかも、口調まで同じだ。

「思いだしてきたよ。聞いたことのある場所だ。グレートスモーキー山脈のなか……アッシュヴィルのむこう、ウェインズヴィルとブライソンシティのあいだのどこかだ」

記憶がたしかなら、その洞穴は一九〇〇年代の初期に発見されたが、その一帯の地下水位が高く――しかも、地底に少なくとも三本の水流があって――定期的に洞穴内に水が氾濫するために、まだ完全な調査はおこなわれていない。内部は巨大な迷路を形成しているだろうと推測されているが、どれほどのひろがりがあるかはだれも知らない。その洞穴の探検は、七〇年代初めに三人の探検家が消息を絶ったときから、公式に禁止されている。

「オーケイ、これで洞穴への経路はわかったと。さて、そのカードのメッセージについてはどうだろう？　それの意味はつかめたかね、シャリ？」

彼女はみっつの語を口に出して言った。

「シェマー。ゼフス。コファー。ヘブライ語ですね。それについては問題なし。でも、それ以上のことは、わたしにはさっぱりわかりません。バビロンとなにか関係があるんでしょうか？」

「あっても、驚きはしないね」考えこむように顎をさすりながら、彼は言った。「とにかく、いまのところは、わたしもきみと同じで、それ以上のことはわからないな」

「それに、差出人の署名も住所もありません。これでは、だれが送ってきたのかを調べることもできませんよね？」

マーフィーは中途半端な笑みを浮かべた。

「いいかい、シャリ、古代語で書かれた謎めいたメッセージをだれが送ってくる？　へんぴな場所への行きかたを示す経路を？　たんにバビロンとだけ記して？　はっきりいって、その男が署名をする必要があるだろうかね？」

シャリはため息をついた。

「ないでしょうね。わたしはただ……なにか別の用件だったらよかったのにと思っただけで。なにか無害な用件だったらと。また、ああいうクレイジーなゲームに先生が巻きこまれることにならなければいいのにと――」

マーフィーはもはや話を聞いていないことがわかった。彼は熱心に地図を調べていて、その心はなかば現地に飛んでいる。自分がやめさせようとしてもどうにもならないことを悟って、彼女は気が重くなった。

いまはもう、彼女にできるのは祈ることだけだった。

ウィンストンセーラムからヒッコリー湖のそばを抜けていくドライヴは、すばらしいものになった。夜明け前に出発して、楽しい時間をすごすうちに、車は二百八十マイルを走破していた。いまは、まぶしい日ざしが背後から照りつけて、雄大なオークや松の木にこんもりとおおわれた山脈の奥に入りこんでいくにつれて増してくる鋭い冷気をやわらげてくれている。いったん車を停め、もう一度、地図をチェックしてから、そこにある土の道に乗り入れて、ごとごとと百ヤードかそこら進んでいくと、分かれ道に行きあたった。ふたたび、車を停める。こんどは、地図は役に立たなかった。彼は顔をしかめて、地図をダッシュボードの上に置き、日ざしにあぶられた地面に降り立った。両方の道のさきを見渡してみる。どちらの道も、同じような感じで木立のなかをうねうねとつづいていた。選択の手がかりはなにもない。

ヨギ・ベラ（メジャーリーグの往年の名選手・監督）がよく言っていたせりふは、なんだったか？

道を進んでいって分かれ道に行きあたったら、分かれ道のほうを行け。

彼は首をふった。ありがとよ、ヨギ。おおいに助けになった。そのとき、道路わきの茂った雑草のなかになにかがあるのが目にとまった。そのそばに膝をついて、錆びついた標識から、まみれついた木の葉をとりさってみる。黄色いペンキはほとんど色を失っていたが、そこに記されている文字は読みとれた。**水の洞穴**。そして、別のことも、こちらは赤いペンキで記されているのがわかった。**危険**。

彼は慎重に標識を持ちあげて、地面に突き刺し、しっかりと固定した。それは、左手を指しているように見えた。

「こっちはまだ現地に着いてもいないというのに、はやばやとゲームを仕掛けてくるんだな、じいさん」

ぶつぶつ言いながら、彼は車にとってかえし、バタンとドアを閉じた。アクセルを踏みこんで、その狭い道に乗り入れる。

それから半時間が過ぎたところで、彼は洞穴の入口にたどりついた。その土の道は巨大なオークの前で急に行きどまりになっていたので、最初は、これもまたメトセラの計略だったのかと疑ってみた。オークの向こうには、濃密な下生えにおおわれた山腹が険しい斜面となってつづいている。自分がしかるべき場所に来たことを示すしるしは、どこにもなかった。ここが来るべき場所であることを示すしるしを探しはじめたとき、自分が置かれている現状に気がついて、頭皮がぴりぴりしてくるのがわかった。自分はひとりきりだ。武器もない。いちばん近い集落からも、数マイルは離れている。ここに誘いこんだあの狂人は、これまでに何度も自分を死なせようと試みたし、おそらく、いまこの瞬間も、山中のどこかにある隠れ場所からこちらを観察していることだろう。自分の心臓に銃の照準が合わされるのが感じとれるような気がした。

わるい方向に、ものを考えれば、それもありうる。

だが、ここまで深く入りこんだいまになって、ひきかえすことは考えられなかったし、神を信じて、自分は正しい方向に進んでいるのだと思うことにした。つまるところ、これはゲームであり、賭けの見返りは大きい。自分のような聖書考古学者にとって、これ以上に大きな見返りはありえないのだ。

洞穴の入口があることをうかがわせるような、ほかとは異なった部分を探して山腹を見渡してみると、岩やひねこびた低木のあいだに金属的な輝きがあるのが目にとまった。目を細めて、その輝きを見つめ、その地点に注意を集中する。まちがいなく、なにかがあった。洞穴とは別の問題かもしれないが、ほかに打つ手があるだろうか？

彼はバックパックをかつぎあげて、斜面を登りはじめた。

二十分後、マーフィーは水平に突きだした岩の露頭の上に立ち、目に入りこんでくる汗をぬぐいながら、呼吸を静めようとつとめていた。その前方には――かつては、岩にぽっかりと開いた穴を封じるために設置されていた金網のフェンスだったのだろう――もつれあったワイアがあった。山腹の下から見たときに目にとまったのは、これだったのだ。彼は腰をかがめて、用心深くワイアをまわりこんでいき、穴の入口に足を踏み入れた。

バックパックから懐中電灯をとりだして、スウィッチを入れる。洞窟探検の二大原則が、ひとりでに頭のなかに浮かんできた。単独で洞穴に入ってはならない。みっつの光源なしに洞穴に入ってはならない。それに、もうひとつ付けくわえることがありそうだ、と彼は思った。内部のどこかに、狂ったやつがいるのがわかっているときは、洞穴に入ってはならない。

洞穴は、入口の部分こそ、わりあい広かったものの、すぐに狭くなり、さほどもないうちに、両手と両膝をついて、石のかけらと砂からなる床を這わなくてはいけなくなった。ゆるやかに左右にうねったり折れたりする洞穴を二、三分も進むと、目に入る光は自分の懐中電灯のビームのみとなり、洞穴探検家が初めての洞穴のなかに入りこんだときに味わう、不安と興奮が奇妙にないまぜになった、あのいつものぞくぞくする感覚が心を支配するようになった。洞穴探検は長年に渡ってやってきたが、ここの湿気た石灰岩とにわかに全身にみなぎってきたアドレナリンのにおいは、メキシコでローラとともに洞穴探検をしてすごした休暇の日々を――いや、それにも増して、ケンタッキーにある桁外れなフリント・マンモス洞穴ですごしたひとときを――思い起こさせるものだった。あの洞穴は、全長が二百二十四マイルに――世界最長だ――およぶと言われており、自分たちはそのほんの一部を探検しただけだったが、そのかぎりない奥深さに畏敬の念を覚えたものだ。進みつづけたら、最後には地獄そのものに到達しそうな気分を味わうことになりそうだった。だが、あれですら、もっとも深い洞穴ではない。深さに関しては、フランスのジャン・ベルナール洞穴が一番で、地底四千六百フィートの深さがあると言われている。自分たちは毎年、探検隊の派遣を計画しては、毎年、教育と人工遺物の発掘に追われる多忙な生活のなかで、ついぞ、そのための時間を捻出できずにいるのだった。それでも、いつかは……。

マーフィーは首をふって、さしあたっての仕事に気持ちを集中した。洞穴内の気温が急激にさがるにつれて、湿気が増してくるのが感じとれた。天井の鍾乳石から落ちる水滴が後頭部にかかって、顔に伝ってくるようになり、彼は袖口でその水をぬぐった。膝と肘がうずきだしたのにもかかわらず、洞穴がこれ以上、狭くならないことを願いつつ、前進をつづける。また十分ほど進んだところで、ひと息入れることにし、あおむけになって身をらくにした。こういう不慣れな環境においては、活力の維持が生きのびるための肝要な要素となる。これも、ローラに教えられたことのひとつだった。

〝自分のペースを守らなきゃだめよ、マーフィー〟と彼女はいつも言っていたものだ。

〝レースをやってるんじゃないんだから〟と。

それだけでなく、絶えず五感を研ぎ澄ましておく必要もあった。たんに、地図のない洞穴を相手にしているというだけではなく、へたをすると断崖絶壁から底の知れない空間へ落下したり、いつなんどき狭い石の隙間に身をはさまれて、にっちもさっちもいかなくなってしまったりするかもしれない。ひと足ごとに、自分がここにやってきた理由を思い起こすようにしなくてはならない。これはすべて、メトセラがたくらんだこと。つまり、この旅の果てには、考古学的に――とりわけ聖書考古学的に――重大な価値を持つ人工遺物が待ち受けているということだ。だが、メトセラは、こちらがそのお宝を探す際にちょっとした擦り傷や打ち身をつくるぐらいですませるつもりはないだろう。なにか、他人には理解できない狂気じみた理由があるらしく、メトセラはいつも、こちらが生命を危険にさらすことを要求してくる。おかげで、自分はこんなゲームに身を投じるはめになるのだ。

そして、そのゲームはいつ開始されるかもしれないときている。

ゆったりと、ひとつ深呼吸をしてから、彼は身を転がして、ふたたび四つん這いになり、前方へと這いはじめた。まもなく、洞穴の壁が高さを増しはじめ、床も平たく、広くなってきた。二、三分後には、頭をさげることなく、らくに歩けるようになり、つぎの急な曲がり角をまわりこむと、広大な部屋のような場所に出た。周囲の岩壁に懐中電灯の光をめぐらせ、だれかが自分よりさきにここにやってきた痕跡を探してみる。なにか、この場所にふさわしくないもの、自然のままとは見えないようなものを。だが、目に入ったのは、水で濡れ光る真っ黒な岩の壁と頭上から垂れさがる鍾乳石のみだった。

「見たところ、罠が仕掛けられているようすはない」だれにともなく、彼はつぶやいた。「見落としをしているのでないかぎり、ここには神が創造されなかったものはなにもない」

では、なぜ自分の頭皮がひりつきはじめているのか？　なにかがおかしいと、潜在意識が語りかけてくるのはなぜなのか？

そのとき、ふと気がついた。それは、目に見えるものではない。耳がとらえるもの。聞こえるかどうかの境目にある物音。くぐもった鳴き声、むずかるような音。動物が——たぶん、二匹以上の動物が——もらす苦痛の声。だが、そんなことがありうるのか？　この地底で動物が生きられるはずはない——もしかすると、蝙蝠なら生きられるかもしれないが、その蝙蝠にしても、ここは棲息するには奥まりすぎた場所だ。

彼は懐中電灯を武器のように構え、危険に備えて五感を研ぎ澄ましながら、ゆっくりとその音のほうへ進みはじめた。足が木の板を踏んだのは、そのときだった。

肺に空気をいっぱいに吸いこんだせいで、氷のように冷たい水に満たされた穴にもぐっていくのは大変だったが、それでも二、三度、強く水をかいてやると、底から突きだしている岩をつかむことができたので、ちょっと時間をとって体勢を立てなおした。水はあいかわらず強力に洞穴に流れこんでいて、水流が激しく背中に押し寄せてくる。真っ暗闇のなかにぼうっと一ヶ所、緑色じみた薄明かりが見えるところがあり、あそこから光が入りこんでいるのにちがいないと思った。そして、子犬たちは流されて、反対の方向へ行ってしまったのにちがいない。ばたつく肢がちらっとでも見えないものかと思いつつ、彼はぐいと身を押しやった。と、突然、ふたつの小さな体がそばをかすめていくのが見えた。というか、感じとれた。手をのばしたものの、すでに手遅れだった。それでも、子犬たちが水のなかを進んでいったように思えたことで、希望が湧きあがってきた。いまのは、巨大なバスタブにほうりこまれた子犬たちが、排水孔へ吸いこまれていくようなものと考えてよさそうだ。そうであれば、この穴に流れこんでくる水は、どこかへ流れだしているということになる。

つまり、おそらく、どこかに出口があるはずなのだ。

子犬たちが流れていった方角をたどっていくと、何度か水をかいたところで、子犬たちの姿が見えた。泥や岩くずのまじった水のなかを、小さな体がぐるぐると回転しながら、岩の壁に口を開いた狭い隙間のほうへ流されていく。いったん水面に出て、呼吸をしようかとも考えたが、すぐに、これが唯一の機会だと思いなおした。いますぐ、流されるのをなんとかとめてやらなければ、子犬たちはおしまいになってしまう。

二匹の子犬たちをすくいあげて、ふたたびジャケットの内側へ押しこむと、肺に残っていた最後の酸素の分子が尽きて、完全にパニックに陥った子犬たちが身悶えるのがわかった。岩壁に手がかりを見つけだし、それを頼りに体勢を変えてから、足で壁を蹴りながら移動していくと、やがて足がクレヴァスのなかに入りこんだ。おのれのなかの本能のすべてが、そんなことをしたら、どこにも出口のない岩の裂け目にはまりこむだけのことだ、もとの方向へひきかえせ、水面に戻れと語りかけてきたが、彼は断固として身を前方へ押しやった。そのときにはもう、足のほうが頭より上にある格好になっていて、水に押されるまま、彼は裂け目のなかへ吸いこまれていった。

胴体が裂け目に入りこむと、彼は衝突から子犬たちを守ってやればと思って、両腕で胸を包むようにした。ここまで来ると、もはや戻りたいと思ったところで、戻ることはできないだろう。流れでる水の勢いに呑みこまれてしまっている。脱出するすべはただひとつであり、それはこの裂け目の奥へと進むことなのだ。腰をひとひねりして、内部へ突進すると、開口部のぎざぎざした岩にひっかかれて、両の腿がざっくりと切れた。だが、痛みはほとんど感じなかった。彼はいま、唯一の目的、この岩壁の向こう側へ出ようという目的のみに凝りかたまった機械に変じていた。

頭が裂け目を通りぬけたとき、あと五秒ほどで肺が屈服しそうなことが感じとれた。五秒ともたず、肺は息を吸おうとし、そうなれば水を肺に吸いこんでしまうことになる。その五秒ですら、おそらく子犬たちには長すぎるだろう。動きがにぶくなってきている。流れる水に動かされて、まだ生きているように思えるだけなのかもしれない。残った意志の力をふりしぼって身を押し進めると、突然、巨大な手にひっつかまれたような感じで、岩壁の向こう側に体が飛びだした。激しく身がふりまわされて、頭がガツンと岩に激突し、別の部屋のような場所の床に吐きだされていたのだ。そこでもまだ、水流が強烈にたたきつけてはきたが、なんとか一度、大きく空気を――いっしょに水が口いっぱいに入りこんではきたが――吸いこむことはできた。

激しく咳きこみながら、両手と両膝をついて身を起こしたとき、あの永遠とも思える時間のあとで初めて、自分の顔が完全に水の外に出て、凍るように冷たいが、ありがたい風に吹かれていることに気がついた。そして、その顔が、ふたつのピンク色の舌にしきりになめられていることにも。子犬たちがジャケットのなかから這いだしていたのだ。小さな肺が空気に満たされたことをよろこんで、キャンキャン鳴いている。気がつくと、マーフィー自身も、よろこびのあまり、咳きこみつつ、笑い泣きをしていた。

なんとか呼吸が平常に復し、落ち着きをとりもどしたところで、彼は周囲の状況の把握にとりかかった。背後では、まだ岩の割れ目を通って流れこんでくる水の音が聞こえていたが、ありがたいことに、この部屋はさっきのものとはちがって、水に満たされてしまってはいなかった。水流はいまも、ほんの数インチ程度の深さのままで、遠い側にある流出孔から排出されているようだった。なにはともあれ、さしあたっては安全だとわかったので、マーフィーは胸の内で、自分と子犬たちが救われたことに感謝のことばを述べた。

体がとめどなく震えていることに気づいたのは、そのときだった。低体温症。洞穴探検者の主要な死因。自然のなかでのサヴァイバル講座の主題として、自分自身が教えていることだ。その授業の最後に、後ろのほうの席の若い学生が手を挙げて、質問をしてきたことを思いだした。

「人間が低体温症にかかったら、どれくらいの時間で死ぬんでしょう？」とその学生はきいたのだった。

「場合によりけりだね」とマーフィーは答えた。「要は、体幹の温度がどれくらい速くさがるかだ。そこの温度が摂氏三十五・五度まで低下すると、体が激しく震えはじめる。三十五・五度から三十三度を切るところまでさがるあいだに、思考力が減退してくる。ろれつがまわらなくなり、判断力が失われてくる。体幹の温度が三十二度台から三十度まで低下するあいだに、筋肉の硬直と健忘症状が出てくる。心拍と呼吸が緩慢になって、目がうつろになる。そして、二十九・五度ないし二十五度まで低下すると、死が訪れるだろう」

その答えは、質問をした学生に衝撃を与えたようだった。そしていまマーフィーも、そのときのことばを一語一語、思いだして、衝撃を覚えていた。ということは、まだ健忘症状は生じていないということだ。まだ激しい震えの段階にあることが、不幸中のさいわいではある。だからといって、よろこんでいる場合ではなかった。つぎの段階に至ったら、まともにものが考えられなくなるのであり、いまこの瞬間、自分に必要なのは、まともにものを考えることなのだ。なにしろ、懐中電灯はもうなくなっているし、あやうく溺れ死ぬところだった苦難をはやばやと忘れてしまったように、浅い泥水のなかで、うれしそうにピチャピチャやって、キュンキュン鳴いている、驚くほど元気な子犬たちをなんとかおとなしくさせておかなくてはいけない。

一匹の子犬が腕時計をかじりはじめたので、彼はそっとその子犬を押しやった。こんなときに、いったいどうすれば、まともにものが考えられるというのか——おっと、そうか！

「ちびくん、おまえは、わたしよりずっと分別があって、お利口さんだな」

彼は上機嫌でそう言うと、特殊部隊用の腕時計の側面に付いているボタンに指を触れた。小さな青い光が、周囲、二、三フィートほどの範囲を照らしだす。電池を節約するために、いったんスウィッチを切ってから、思案にとりかかった。出口は、水が流れでているあの流出孔があるが、きょうはもう水浸しになるのはたくさんだ。また別の空洞に出られることに望みを託して、あの穴に飛びこむという危険を冒す気には、とてもなれない。それでも、一縷の希望を与えてくれる材料が、ひとつあった。体の右側が左側よりわずかに寒く感じられるというのは、空気がかすかに動いているということなのにちがいない。どこかから、かすかな風が入りこんでいる。だとすれば、地表へ出られる経路があるのかもしれない。

ふたたび腕時計のスウィッチを入れ、手首をゆっくりとめぐらせて、自分の周囲を照らしてみる。部屋のような洞穴のまんなかに、細い岩の柱があるのが目にとまった。そのてっぺんに、なにやら妙なかたちをしたものがのっかっている。彼は子犬たちを胸の前に抱きかかえて、そろそろとその柱によじのぼった。片手をのばして、その物体を手で探ってみる。ひどく目の詰んだ木の切れはし、海岸でよく見かける、波に長いあいだ洗われてきた木のかけらのような感触があった。メトセラがこれをここに置いたのか？　自分がここにやってきたのは、これのためなのか？　生命を危険にさらした代償が、この無価値ながらくただったというのか？

こんなものの意味をくどくどと考えていても、しかたがない。もしメトセラがとうとう完全にいかれてしまったとすれば——まあ、そうであっても、それほど意外なことではないが――そして、もしこれが残念賞の景品だとすれば、自分は狂人のルールによる狂人のゲームにのってしまった報いを受けたにすぎないということになるのだろう。マーフィーは木の切れはしをコンバットパンツのポケットに滑りこませ、微風が吹いてくる方向へ顔を向けなおした。

「行くぞ、ちびたち。おまえたちにもっといい考えがあるのなら話は別だが、ここはそろそろ、自分たちの鼻を利かせて、家に帰れる道を探りにかかるのがよさそうな気がするぞ」

2

紀元三〇年：エルサレム

ひょろりとしたそのよそ者は、ぎっしりと群がったひとだかりを肘でかきわけて、前へ進んでいった。たいていの人間より背が高いとはいっても、群集は絶えず揺れ動いているので、話をしている人物の姿を目にとらえるのはむずかしい。それでも、ひとつ、たしかなことがあった。だれかはわからないにしても、その人物は群集の注意を一身に集めているらしい。おおぜいのひとびとが、その人物のすぐ前にいるひとびとのほうへ押し寄せているのだ。なかには、籠や衣類の束の上に立って、もっとよく見えるようにしているひとびともいた。なにが起こっているのかを見たくてたまらず、母親のスカートをひっぱっている子どももいたので、よそ者はにっこり笑って、ひょいとその子を肩にかつぎあげた。男の子がうれしそうに手をたたき、母親がこちらにうなずきかけて、照れくさそうに謝意を示す。そのとき、なにかの合図があったかのように、群集がいっせいに静まりかえり、ひとりの男がものやわらかだが明瞭な声で話をはじめた。よそ者は、周囲の興奮した気配を感じとり、話をよく聞こうと、耳をそばだて……。

エルサレムに来たのはこれが初めてだし、いままで一度も、こんな経験はしたことがなかった。市場に群れ集ったひとびとが交わしあう喧騒の声は、すさまじいほどだ。彼はときどき立ちどまっては、大声でやりあうひとびとをながめやった。ひどく激烈にやりあっているので、いまにもけんかがはじまるのではないかと思っていると、そのうち突然、両者が掌を打ちあわせて、取り引きが成立する。なにがあっても、だれも激昂したりはしないように思える、彼の住むのんびりとした丘の上の村とは大ちがいだった。そしてまた、露店の多いことといったら。売られている産物は種々さまざまで、ものめずらしいものだらけとあって、彼はついつい、とても信じられない気分になって、ばかみたいに口を開けてしまうありさまだった。蓋の開かれた籠のなかには、ありとあらゆる種類の果実や穀物が詰めこまれている。食肉を商う店々のテントのなかでは、つぶされた羊や山羊や牛の死体が柱から吊るされ、商人たちが、解体されたばかりの新鮮な肉に群がってくる蠅を面倒くさそうに追いはらいながら、売り口上をがなりたてていた。鮮やかな色合いの服地を売っている女たちが、こちらに声をかけてきたり、手で触れて生地の品質をたしかめるようにと身ぶりを送ってきたりし

——なかには、荒っぽくこちらの腕をつかんで、露店へひっぱりこもうとする女までいた。宝石や磨きあげられた短刀のたぐいは、目がくらむほどにまぶしく、小枝細工の檻に入れられているアヒルやガチョウどもの声はひどく騒々しくて、耳が痛いほどだった。

その朝はずっと、まるで波にとらえられた木の葉のように、押されるまま、ひっぱられるままに、あちこちと市場のなかをうろうろと動きまわったのだが、市場へ行く前に、いとこに——年上で、さまざまな面でずっと世間慣れした男だ——この街には、もし生涯に一度しかやってこないとすれば、ぜひ見ておくべき驚嘆すべきものごとがいろいろとあるのだと教えられていた。自分の村からエルサレムへの旅は、成人の男性の全員に対して例年、求められる半シェケル（シェケルはユダヤの貨幣単位で、約半オンスの銀貨に相当）の奉納を果たすためのもので、これが初めてとはいっても、これからは何度も来ることになるはずだった。もしかすると、いつかはこの街に住むようになるかもしれない——もっとも、貧しい羊飼いがここでどうやって生計を立てたものかは、さっぱりわからないが。なんにせよ、ローマ帝国に占領されて、あらゆることが不確かになったこの困難な時代に、未来を信じるというのは愚かなことだろう。それなら、せっかくの機会が持てたときに、エルサレムの驚異のありったけを見ておくのが賢明というものだ。

そんな心づもりで市場をあとにして、ぶらぶらと歩いていくと、遠方に、街の高地側にめぐらされている壁が徐々に見えるようになってきた。急な上り坂になった道路を歩いて、生贄の動物が保管されている庭《バルバル》の前を通りかかると、だしぬけに動物の鳴き声が聞こえてきて、思わず笑ってしまった。またしばらく行くと、巨大な石板からなるダング門が眼前にそそり立ち、それをくぐって市街の本体に足を踏み入れたときは、自分の胸の鼓動が速まるのが感じとれた。

そして、それを目にしたときは、思わず息を飲んでしまった。ヘロデ神殿をとりかこむ、目もくらむほど白い巨大な壁。土台石のなかには、長さ六十五フィート、高さ四フィートにもおよぶものがいくつかあった。これほどのものを天然の岩から削りだすにはどれほどの人手を要するものか、想像もつかない。このようなものの存在自体が、神の威厳と全能さを物語っているように思えた。

やがて、彼の目は横手へ、ローマ帝国があつかましくも、この偉大な神殿の壁の影のなかにその威勢を誇示している光景へ、向けられていった。油をひいた革の甲冑をぎらつかせ、剣と槍の鋭い切っ先を日ざしに輝かせたローマ軍団の百人隊が、彼らの駐屯地であるアントニア砦へと行進していく。鉄の金具が付いた彼らのサンダルが古い敷石を踏み鳴らす音を耳にして、彼はちょっと身を震わせたが、すぐにまた、自分の目的の場所をめざして歩きはじめた。

聞くところでは、この神殿には出入口が七ヶ所あるが、彼は、街の低地側に面したアーチのある高架道の入口からのぼっていかなくてはいけないと考えていた。そこから入れば最高にすばらしい光景が見られると、いとこに言われたからだった。それにしても、これまでに目にしたものよりもすごい光景がありうるのだろうか？

彼はアーチを抜けて中庭に入り、聞くところでは、開閉に二十人の人間を必要とする壮大な青銅の門をくぐって、かつてヘロデ王が、ここを統べていた人間のことをだれも忘れないようにするために配したという、大きな黄金の鷲の影の下に立った。

神殿の中庭に入りこんだとたん、あの市場の広大さが、ここにくらべれば狭苦しく、みすぼらしいものとして感じられるようになった。彼はそのひろがりを隅々まで見渡しながら、ここにはどれほどおおぜいの人間が入れるのだろうと想像してみた。一千人？　いや、きっと何万人もが入れる。数えきれないほどの人間が！　奥行きは千五百フィート、幅は千二百フィートほどもあるはずだから、二十五万人は入れるにちがいないが、そんな数字は自分にとってなんの意味もない。それほどおおぜいの人間を――このパレスチナという土地にそれほどおおぜいの人間がいればの話だが！――迎える人物の見かけはどのようなものなのか、想像することすらできなかった。

中庭の中央部には神殿そのものがあり、それを目にしたとき、彼の想像力はこれまでとはちがって、大きさではなく美しさによってかきたてられることになった。これほどの神殿とそれをとりまく建築物を造るとなると、その完成に一万人の労力と六十年の歳月を要したとしても、なんの不思議もない。調和と均整の美に関してはなんの知識もないから、いま目にしているものを表現することばはなにも浮かんでこなかったが、それでも、その優美さは心に深く訴えるものがあった。彼は思わず、この世界とそのすべてを創造した神に謝意を表していた。

そのときふと、そこにいるのは自分だけではないことに気がついた。周囲におおぜいのひとびとが群がっていて、彼らはみな礼拝用の肩衣《プレイヤーショール》を着ていた。なかには、十戒をおさめた聖句箱をひたいに結わえつけている者もいた。生贄の羊を引いている者や、貧者のささげる生贄であるキジバトを入れた籠を携えている者もいる。中庭の一方に目をやると、自分のような旅人を相手に商売をしている両替商たちの姿があり、建物の列柱の下では、律法学者《ラビ》たちが、それぞれ十人少々の小さな集団に説法を垂れていた。

ひとだかりをかきわけて進んでいくと、ひとの背丈ほどもある大理石の壁が見え、その向こうに、さまざまな宗務に励んでいる聖職者たちの姿が垣間見えた。さらに壁のほうへ近寄っていくと、そこになにかの表示があり、そのそばに文字が刻まれているのがわかった。

異国の者がこの壁および神殿地域の囲いのなかに入ることを禁じる。

禁を犯した者は何人によらず、その報いとして、死をもって罰せられよう。

異国の者というのが自分に当てはまるとは思わなかったが、そうであっても、その文句にはぞっとさせられるものがあった。そこで、うっかりなにかの不文律を破ってしまうことのないよう、周囲のひとびとのふるまいをまねて、慎重に歩こうと心に決めた。いとこに教えられたことはほかにもまだあっただろうかと記憶を探ってみると、神殿そのものがみっつの部屋に分かれていると言われたことを思いだした。ひとつめは、玄関の間。ふたつめは、香の祭壇と、七つに枝分かれした黄金の燭台がある、聖所。最後の部屋は、天井から垂れさがった六インチもの厚みがあると言われる幕で聖所と仕切られている、至聖所。至聖所には、この世でもっとも驚くべきもの、つまり、十戒を刻んだ二枚の石板をおさめた箱《アーク・オヴ・コヴェナント》があるという。それに刻まれたものに関しては、これまでに種々さまざまな話を耳にしているので、頭のなかにあるイメージは絶えず揺れ動いて、かぎりなく空想的な図案が浮かんでくる。実際、これだけはたしかだと思えるのは、黄金の細工が施された驚異の品であるということだけだった。

あの表示がなくても、彼には禁断の至聖所に入ったり、十戒を刻んだ石板をおさめた箱を盗み見て――そんなことができるほど利口だとしての話だが――自分の生命を危険にさらしたりするつもりはなかった。そんな行為は空恐ろしく、恐れ多いことだ。

それでも、彼はいつの間にか、火に飛びこんでいく蛾のように、至聖所のほうへ引き寄せられていた。

おおぜいのひとびとが列柱の下に集まってきていることに目がとまって、そちらに注意を向けたのは、そのときだった。そして、気がつくと、彼は弁士が話していることをよく聞こうと、懸命に前へ進んでいたのだった。少年を肩車しているために、息子を初めて街に連れてきた若い父親だと思われたらしく、ひとびとが親切に道をあけて通してくれたので、少年の母親を背後に引き連れて進んでいくと、やがて最前列、弁士までわずか数フィートのところに立つことになった。

列柱の下に置かれたベンチに、ひげをたくわえた男がひとり、すわっている。男は土色のローブを——物乞いが着るような粗い毛織物のような衣を——着て、白い礼拝用の肩衣をまとっていた。目鼻立ちにこれといった特徴はなにもないのだが、その顔を見ていると、どうしたものか、この男の言うことを聞いてみたいという気持ちにさせられる。男はちょっと口をつぐみ、よそ者の目を、まるで彼だけに語りかけるような感じで正面から見据えると、ふたたび話しはじめた。

「その日、その時は、だれも知らない。天にいる御使たちも、また子も知らない。ただ父だけが知っておられる。ノアの時にあったように、人の子の時にも同様のことが起こるであろう。洪水の前の日々、ノアが箱舟に入る日まで、ひとびとは食い、飲み、めとり、嫁ぎなどしていた。そして、なにが起こるだろうかを知らずにいるうちに、洪水が襲ってきて、彼らをことごとく滅ぼした。そのようなことが、人の子の時にも起こるであろう。ふたりの者が畑にいると、ひとりは取り去られ、ひとりは取り残されるであろう。ふたりの女が臼をひいていると、ひとりは取り去られ、ひとりは取り残されるであろう。

だから、目を覚ましていなさい。いつの日に主が来られるのか、あなたがたにはわからないからである。しかし、このことをわきまえていなさい。家の主人は、盗賊が夜の何時に来るかわかっていたら、目を覚ましていて、自分の家に押し入ることを許さないであろう。だから、あなたがたも用意をしていなさい。人の子は、思いがけない時に来るからである」

「あの男はだれ?」よそ者は、かたわらにいる人間に問いかけた。

「知らないのか?」疑り深そうな目つきをした息のくさい、その小男が言った。「あんた、どこの人間だ?」

「ガラリヤ湖の近くにあるカペナウムから、やってきたばかりでね。毎年の貢物をおさめるために来たんだ」

「あれは、イエスという名の男でな。預言者だと考えている連中もいるよ。ローマに対して反乱を仕掛けようとしている謀反者だと考えている連中もいるがね」

「彼はなんの話をしているんだ？」

小男は顎ひげをかきむしった。

「よくわからん。罪とこの世の終わりの時の審判に関する、妙な話さね。おれには、なにがなにやらさっぱりわからん」

その男には答えの持ちあわせはなさそうに思えたが、それでも、よそ者は質問を重ねずにはいられなかった。

「いまの話のなかで、彼が何度か言っていたあれは、どういうことなんだ？　〝ノアの時にあったように〟というのは？」

男は肩をすくめ、

「よくわからんのは、おれも同じさ。気候がわるくなってくるってことじゃないのかね」とだけ言って、にやっと笑った。

よそ者はさらにひと押しした。

「いま彼が言っていた、人の子というのはだれのことなんだ？　それと、〝だから、あなたがたも用意をしていなさい〟というのは、どういう意味なんだろう？」

だが、そのときにはもう、疑り深い目つきの小男はひとごみのなかへ姿をくらましていて、よそ者は、この説教者が語った謎のことばの意味を自力で考えるしかなくなっていた。彼は少年をそっと地面におろしてから、いまのことばを反復すれば意味が解けるとでも思ったように、胸の内でそのことばをつぶやいてみた。〝……人の子は、思いがけない時に来るからである……〟

3

マーフィーは自分専用の場所に車を駐めて、外に出た。教員用駐車場から記念講堂までの曲がりくねった道を歩くのは、いつも快い気持ちにさせてくれる。木立におおわれた遊歩道、美しい花ばな、南部ならではの瑞々しく茂った緑の木々が、すばらしい鎮静効果をもたらしてくれるのだ。だが、このときばかりは、その歩き慣れた道行が、あちこちの擦り傷や打ち身がずきずきと痛みだしたせいで、無上のよろこびどころか、苦しくてたまらないものになっていた。

「なにがあったんです？　ひどいありさまですよ！」

跳ねるように小道をこちらへやってくるシャリを見て、マーフィーはたじろいだ。ローラが逝ったあと、シャリは彼が股肱とたのむ闘士の地位を占めており、自分はこの週末、古なじみに会いに出かけていたのだと説明したときも、その話をまったく信じなかったことがわかった。まあ、メトセラとは古い付きあいであることはたしかだし、なじみという表現は多数の罪をおおい隠してくれるものではあるから、自分はまったくのうそをついたというわけではない。たんに、そのなじみの人物はたまたま、グレートスモーキー山脈の地底洞穴のなかで待ち伏せをしていたということを付けたすのを怠ったにすぎない。

　すでに面倒なことになっているのだからと、事態を悪化させずにすむような話をつくって返事をしようとしたとき、二匹の子犬たちがシャリの足首にじゃれついて、彼を窮地から救いだしてくれた。

「このちびちゃんたち、なんていうの？」身をかがめて、子犬たちに手を嗅がせながら、楽しそうにシャリが問いかけてきた。

「シェム《セム》とジェイフェス《ヤペテ》だ。飼い主にはちゃんと世話をする気がまったくないようなので、プレストンに連れてくることにしたんだ。この子らに心地のいい住まいを見つけてやれればいいんだがね。さしあたり……」

　シャリが話を引きとって、結論を言ってくる。

「わたしに、この子らの世話をさせたいんでしょ。ねえ、よく聞いて、先生、わたしに子犬たちのベビーシッターをさせておいて、先生は無鉄砲な冒険に乗りだすおつもりだったら――」

　マーフィーは片手を挙げて、話をさえぎった。

「無鉄砲な冒険なんて、とんでもない、シャリ。約束するよ。それより、ちょっと見せたいものがあるんだ。きみの専門家としての意見を聞きたい」

彼はにやっと笑ったが、シャリはしかめ面を返して、おだてにのせられるつもりはないことを明らかにした。それでもやはり、そのことばをはねつけてしまうのはむずかしいようだった。

「どういうものですか?」と問いかけてくる。

マーフィーは彼女をラボへ連れもどしにかかった。

「そう言うだろうと期待していたんだよ、シャリ」


ラボの隅に置いた大きな水のボウルを騒々しく空にしているシェムとジェイフェスをよそに、マーフィーはブリーフケースから、長いあいだ水や風にさらされてきた木の破片をとりだした。解くべき考古学上の謎を与えられれば、シャリはおそらく、この週末の彼の行動を問いただすことはすっかり忘れて、その問題にのめりこんでしまうにちがいなかった。というか、彼としてはそうなることを期待してはいた。

「まあ、妙なものだってことはたしかですね」高性能顕微鏡の下に木の破片を置きながら、彼女が言う。「ほとんど化石化してます。でも、それだけじゃなくて――表面に、なにかの薄い層が貼りつけられています」

マーフィーが彼女の肩をぽんとたたいたので、顕微鏡が台から転げおちそうになった。

「どういうものか、わかりかけてきたような気がするぞ」

「ほんとに？」

「シェマー。ゼフス。コファー。憶えているだろう？」

シャリは作業の手をとめて、目をあげた。

「どこでこれを手に入れたんですか、マーフィー先生？」

「当面、そのことは気にするな、シャリ。シェマーは、湧きだすという意味だ。ゼフスは、流れるという意味。そして、コファーは、保護する、あるいは、耐水にするという意味だ。このみっつをひとつにまとめれば、聖書学的にはピッチという語をかたちづくることになる」

「ピッチ？」

「瀝青《れきせい》――古代の小アジアで使用されていた、天然のアスファルトだ。液体の状態で地中から湧きだし、船大工たちは舟に耐水処理を施すために、それを板に塗りつけていた。聖書の創世記十四章十節に、タール坑に関する記述があるんだ。バビロンの近辺に多数のタール坑があったことは明らかだね」

シャリは腕を組んだ。

「この週末は、真剣に聖書の研究をなさっていたようなふうに聞こえますけど、先生。

まだほかに、なにかおっしゃられることがあるんじゃないですか？」

「なんというか、シャリ、きみも、パピルスの籠に入れられて流れていく赤んぼうのモーゼをファラオの妹が見つけたとき、その籠を保護するためにピッチが塗られていたことは知っているだろう？　出エジプト記の二章三節にある話だが」

「わたしはずっと、葦で編んだ籠がどうして水に浮くんだろうって思ってたんです」

「その同じ材料が、バベルの塔を建設するときにも用いられたんだ。これは、創世記の十一章三節に出てくる。モルタルの代わりに、タールが煉瓦の隙間に塗られたんだ」

シャリは目を丸くしていた。彼女の気を引きつけたのはまちがいない。

「この木の破片はバベルの塔と関係があるということですか？」

マーフィーは顎をさすった。

「それはわからない。まず、やらねばならないのは、これがどれくらい古いものかをたしかめることだ。となれば、できるだけ高精度の炭素年代測定装置にかける必要があるということになる」

「自由の羊皮紙財団？」興奮した声で、シャリがたずねた。

「正解。よければ、電話を持ってきてくれないか、シャリ……」

マーフィーは番号を打ちこむと、指さきで作業台をとんとんたたいて、電話がつながるのをうずうずしながら待った。自分の足の周囲をシェムとジェイフェスが駆けまわって、にぎやかに追いかけっこをしていることにすら気づかなかった。

「ええ、はい。プレストン大学のマイクル・マーフィーと申します。イシス・マクドナルド——ええと、その、マクドナルド博士に、つないでいただきたいんですが？　ええ、このまま待っていますので」

　自分はなんでこんなにそわそわしているんだろうといぶかしみつつ、彼はまた指さきでとんとんやりながら待った。新たな考古学的発見を期待して、興奮しているのだろうか？　そう考えたとき、耳になじんだ声が聞こえてきて、心が一瞬、タルカシールの古代の下水道へと舞いもどり、肉切り包丁を持った狂信者がこちらへ迫ってくる光景が目に浮かんできた。

「マーフィー？　ほんとにあなたなの？」

　軽いスコットランドなまりのある彼女の声を聞いて、心がすっと現実に引きもどされた。

「うん、そのようだ、イシス。話をするのは久しぶりだね。あれからどうしてたんだ？」

「わかってるくせに、マイクル。自分のオフィスで埃っぽい古文書を調べるだけの毎日。命があやうくなるような状況に置かれたのは……正直言って、この前、あなたといっしょにいたときが最後ね」

彼女が古書や古文書の山に足首まで埋まり、目に垂れかかる赤髪をかきあげながら、そのなかから何枚かの貴重な羊皮紙を必死に探しだそうとしている光景が頭に浮かんできて、マーフィーは思わず笑ってしまった。

「それを聞いて安心したよ、イシス。これからもそんな調子であってくれたら、おおいによろこばしい」

「それで？」機嫌のいい声で、彼女が問いかけてきた。

「じつは、ちょっと頼まれてもらいたいことがあるんだけど、どうだろうと思ってね」

「世界を半周する旅をしたり、殺人狂と闘ったりなんてことがなければ、いいんだけど」

「それは絶対にない。請けあうよ」笑い声が引きつった。「ワシントンから、どこか、その建物から出てきてもらう必要すらないんだ」

「それで、なにをしてほしいって？」

「木の破片がひとつ。古い。とても古い」

「じゃ、それがどれくらい古いものかを正確に知りたいってことね」

「そのとおり」

「それも、きのうのうちに知りたいと」

「それほど手数がかからないようなら」

「もちろん、いいわ。問題なし。こちらへ送って。すぐに調べにかかるから」

「ありがとう、イシス。ほんとうに恩に着るよ。なにかお返しができることがあったら、言ってくれないか」

ひと呼吸置いて、彼女は言った。

「このつぎは、半年も待ったりせずに電話をしてね。それと、頼みごとができるまで待ったりしないで」

どう答えたものかと考えているうちに、電話が切れていた。マーフィーは急に、あまり考えごとをせずにすむよう、ラボを飛びだして、なにか肉体的な作業をしたい気分になり、あやふやな笑みを浮かべながら、シャリのほうへ向きを変えた。

が、シャリは姿を消していた。

探してみると、彼女はカフェテリアにいた。片隅の席にすわって、コーヒーのマグをじっと見つめていた。マーフィーは隣の席に腰をおろし、彼女の腕にそっと手を置いた。

「それを飲むつもりでいるのか、それとも、そうやって見つめていたら石に変えられると思っているのか、どっちかな？」

彼女はよわよわしい笑みを浮かべて、頬を濡らしている涙をぬぐった。

「ごめんなさい、マーフィー先生。あんなふうに逃げだすなんて、あんまりプロフェッショナルらしくないですね。ただ、ひとりきりになる必要があるような気がして」

「いとましたほうがいいのかな？　さしでがましいことをするつもりはないんだよ」

「いいんです。だれかと話をする必要がありそうだし、先生よりいい話し相手はいないでしょ？」

「それはいえてる。で、どういう事情なのかね？」

「ポールのこと。言い争いをしちゃって」

「なにがもとで？」

このごろ、シャリとポール・ワラックがよく会っていることは、彼も知っていた。あの教会での爆発事件のあと、シャリは彼が回復するまで世話をしていたし、ふたりはとても親密になっているように思えたのだが。

「つまらないことで」彼女は首をふった。「いえ、つまらないことじゃないです。わたしたちに関することじゃなくて、進化論のことで」

「進化論？」

彼女はうなずいた。

「彼がだれの理論をしゃべってたのかはわからないんですけど、何冊か本を読んだっことはたしかです。ひっきりなしに、ドーキンスというひとの説を引用していました。ダーウィンの『種の起源』も持ってて、彼が下線を引いた部分を見せたがっていました。化石に関する話をいろいろと持ちだして、そういう化石の存在が、さまざまな動物は時を追って進化してきたのであって、聖書に記されているように、同時に創造されたのではないことを証明していると言ったんです」

「なるほど。で、きみはどんなことを言ったんだ？」

「わたしはすべての答えを知ってるわけじゃないけど、この世界は神が創造されたものので、科学もまた神が創造されたものであれば、両者が矛盾することはないだろうって言ったんです。それと、わたしが進化論の先駆者たちについて調べたところでは、彼らの多くは、たんに神は存在しないという自分たちの先入観に科学をむりやり適合させようとしていたのは明らかだとも言いました。だから、彼らはその方程式から神を除外する目的で、すべての種はそれ自体として変化していくという仮説に到達したんだ。彼らがいくらそう主張したところで、まだ、変わりめにある動物であることが確実な化石というのは、ひとつも発見されていないんだと。しかも、DNAコードというのは、現実にはある生物が別の生物へ変化するのを妨げていることが解明されたから、現在の進化論は破綻しちゃってると……といっても、そのことを認める進化論者は、とりわけ、あれほど苦労して、やっと学校で進化論が教えられるようになったいまとなっては、それほど多くはないでしょうけど」

マーフィーはうなずいた。

「それはすばらしい答えだね、シャリ。ポールはまだ、自分の立場を決めかねているんだ。きみが彼を神のそばへ近づけてやったことはたしかなんだが、彼はまだこのあと、境界線をこえるということを、自分自身の判断でしなくてはいけないんだ」彼は笑みを向けた。「ともあれ、ちょっとしたものだが、彼がその道へ進むのを助けてやれるような材料が手に入ったような気がするね」

シャリは目をあげた。

「どういう意味ですか?」

マーフィーは謎かけをするように、自分の鼻をたたいてみせた。

「イシス・マクドナルドがあのちっぽけな木切れに関して、どういうことを言ってくれるか、それを待とうじゃないか。わたしの考えが正しければ、それはポールの目を大きく開かせてくれるものになるかもしれない」

そのあと何日か、マーフィーは、ディーン・フォールワースがつねにこっそりと彼を監視して、キャンパスから追いだせる理由ができるのを待ち受けているのがわかっていたから、講義ノートの作成を急ぐことにかかりっきりになった。そのあいだに、シャリは――キャンパス全体が自分たち専用の遊び場だと思っているらしい――シェムとジェイフェスにすっかり夢中になってしまい、子犬たちによき住まいの提供を申し出るひとが現れなければいいのにと思うようになっていた。言い争いをしたあと、ポールとは話をしなくなっていたから、自分のアパートメントに子犬たちがいることがさびしさをやわらげてくれているのはたしかだった。それどころか、子犬たちは学問上の問題から、みごとに彼女の気持ちをそらしていたので、しばらくたったある日、マーフィーがラボに飛びこんできて、自由の羊皮紙財団の文字が入った手紙をひらひらさせたとき、彼がどうしてそんなに興奮しているのか、とっさには理解できなかったほどだ。

「炭素年代測定法の結果が出たぞ、シャリ。イシスがわたしの仮説を立証してくれたんだ。これは歴史上、もっとも驚異的な考古学的発見だ……いやまあ、考古学の歴史上ということだがね」

「とってもわくわくする話みたいですね」彼女は笑った。「それで、イシスはなにを発見したんですか？　それはどれくらい古いものだったんです？」

「五千ないし六千年前のものだった」マーフィーは勝ち誇ったように言い放った。

シャリは肩をすくめた。

「それが意味するものは？」

「それが意味するものは」とっておきの秘密を明かすような調子で、マーフィーが言う。「このちっぽけな木切れは……ノアの箱舟の一部だったのかもしれない」

シャリは椅子から飛びあがった。

「本気ですか？　いま、わたしが持ってるのはノアの箱舟の材木？」彼女は、なにか特別な輝きを放っているものをながめるような感じで、自分の手を見おろした。

「まだ断言はできないが、年代はほぼ合っているようだし、まちがいなく、なんらかの種類の舟の一部だったはずなんだ。だから……」

「ところで、これをどこで入手されたんです？　そこのところは、話すのをお忘れになってらっしゃると思うんですけど」

マーフィーは両手を挙げて、降参したふうをよそおった。

「これをどこで入手したかと？　あ、なるほど。でも、聞いてくれ、シャリ。それを話したときにも、これは聖書考古学上、もっとも重要な発見のひとつであることは忘れないようにしてくれよ。そうそう、たしか、聖書のどこかにこんな記述があっただろう。〝苦労なくして得るものはない〟。そうじゃないか？」

「聖書でそんな記述にお目にかかったことはないですね」腕を組みながら、シャリは言った。

マーフィーはため息をついた。

「おふざけは通じないらしいね？　きみもフェデックスの荷物が来たことは憶えてるだろう？」

彼女は顔をしかめた。

「メトセラからの……地図が付いていたあれ。あ、そうか——水の洞穴！　たしか、先生がおっしゃったところでは——」

「きみを心配させたくなかったからさ。とにかく、聞いてくれ」あの洞穴での苦闘という事実から彼女の気をそらせられるようにと願いつつ、彼は話をつづけた。「最初の手がかりは、ピッチを示唆するみっつのヘブライ語の単語だった。神はノアに、箱舟の内と外にピッチを塗るようにと指示された。ふたつ目の手がかりは、水の洞穴だった。言うまでもないことだが、洪水のあと、地表はすべて水におおわれて、ノアとその家族だけが生きのびた」

「すべての家畜も生きのびたことをお忘れなく」とシャリ。

「しかり。シェムとジェイフェス。あの二匹の子犬たちのように。神はノアに、あらゆる種類の生きものを箱舟に乗せて、生き残れるようにしなさいと指示したんだ」

「それはそうですけど、念のために申しあげれば、マーフィー先生、シェムとジェイフェスは二匹とも、雄の子犬なんです」にっこり笑って、シャリが言う。「神は、雄と雌の一対をいっしょに連れていくようにと、ノアに指示されたんじゃなかったですか？」

「きみの言うとおりだ。メトセラはそこのところは手抜きをしたんだろう。それでも、勘どころは押さえている。あの男は、今回の聖書の記述を裏づける人工遺物は箱舟と関係していることを、こちらに伝えようとしていたんだ。わたしがあの小さな友人たちにシェムとジェイフェスの名を与えたのは、それが理由でね——ノアの息子たちのうちの、ふたりにちなんだというわけだ」

「ほんとうに箱舟の破片だとしても、メトセラはいったいどこでこれを発見したんでしょう？」

「テネシーでじゃないね。それはまちがいないだろう」マーフィーは言った。「伝承によれば、箱舟は最終的に、トルコのアララト山に到着したとされている。長年に渡って、多数のひとびとがそれを探し求めてきたが、まだ発見できた者はいない。メトセラは、それをやってのけろと言っているような気がするね」

シャリは考えこむような顔になった。

「まだ、ひとつ、問題が残っています。メトセラがあの封筒にバビロンという語を記したのは、なぜなんでしょう？」

マーフィーはシャリの両肩に手を置いた。シャリに対して真実を隠しとおすというのは、できない相談だった。ともに、数かずの苦難を切りぬけてきた仲なのだ。痛ましいことではあるが、みんなと同様、シャリもまた、この世には悪が存在し、うごめいていることを知っている。

「これは警告だと思う。彼はわたしたちに、邪悪な勢力の存在を忘れるなと言いたいんだろう」

4

教会の駐車場に乗り入れたときに、最初に目にとまったのは、青空を背景にして純白に輝く新築の聖堂だった。その聖堂は、建築物として美しいだけではなく、この教会区とそこに住むひとびとの共有する信仰のシンボルでもあるのだ。とはいえ、それを見ていると、猛烈な爆発でプレストン地域教会が地獄と化したあの恐ろしい夜のことが思いだされてならなかった。

マーフィーはくたびれたダッジを駐車場に駐めて、あらぬかたに目をやった。あの爆発が生じる前の記憶が、異様なほど明瞭に浮かんでくる。日常が砕けちる直前の瞬間が。自分はシャリとローラにはさまれて、信徒席にすわっていた。シャリは、デュ―ク大学からの転入生、ポール・ワラックと教会で落ちあうことになっていて、興奮気味だった。彼女は、その出会いが彼にキリスト教を実体験させるための第一歩になると期待していたのだが、あのときは、自分が彼を神から遠ざけてしまったのではないか、もっとゆっくりとことを進めたらよかったのではないかと、気に病んでいた。

じつは、彼はそのときはすでに傷を負わされて、自分たちの足の下、教会の地下室にいたのだが、彼女にはそれを知る由もなかった。そして、そこにはまた、彼女の弟であるチャックもいた——すでに生命を失って。だが、後日、爆弾を仕掛けたのは彼であることが明らかになったのだった。

どうしたわけか、爆発の瞬間のことは、まったく思いだせなかった。そのあとのことは思いだせる——炎、崩落する木材、煙、悲鳴、そしてまた、ローラが倒れ、救急車で病院へ運ばれていった次の日の朝のことが。マーフィーの心はいま、そこにあり、生命維持装置にとりかこまれた彼女のベッドのかたわらにすわって、知っているかぎりの祈りを一心不乱にささげていた。

と、そのとき、ひとつの語がひとりでに口に出てきて、気がつくと、彼は、「タロン」とひとりごとをつぶやいていた。

窓をノックする音にぎょっとして、彼は白昼夢から引きもどされた。

「やあ、マイクル。新しい建物を愛でていたのかね?」

ボブ・ワゴナーの日焼けした顔が、笑みを浮かべてこちらを見おろしている。薄くなりつつある白髪と、ありふれたスラックスにポロシャツというその風貌は、説教壇に立つよりゴルフコースにいるほうが似合っているように見えた。実際、たいていの牧師は教会のなかで、人間の生来的な弱さとより高い力を信じる必要性を教えるものだが、ワゴナーはゴルフ場でドライヴァーを手に一番ホールのティーの前に立って、それをすることができるという話を耳にすることがたびたびある。マーフィーをゴルフに誘おうとすることもたびたびだが、マーフィーとしては、ドライヴァーを立ち木に巻きつけてしまうことなく一ラウンドをまわりきれるほどの精神力が自分にあるとは思えなかった。〝神はあんたのような聖人のためにゴルフを考案されたんだよ〟とワゴナーにジョークを言ったこともあるほどだ。

マーフィーは車の窓を開けた。

「会えてうれしいよ、ボブ。面会を承知してくれてありがとう。腹はへってるかい？」

ワゴナーがにやっと笑う。

「法王はカトリック教徒かね？」

マーフィーはチキンサンドにほとんど手をつけなかったが、ワゴナーはチーズバーガーとチリフライをぺろりと平らげて、用件に入る前にと、ナプキンで口のまわりをぬぐいはじめた。そして、町のひとたちの記憶では、むかしからずっとこのアダムズアップル食堂でウエイトレスをしている白髪の女性、ロザンナがコーヒーマグにお代わりを注いで、無人のカウンターにひきかえし、また雑誌を読みはじめるのを待って、友に気づかわしげな目を向けた。

「さてと、マイクル。なにを考えているのかね？　率直に言って、ちょっぴりくたびれた顔をしているように見えるんだが。なにがあったんだ？」

　マーフィーはひたいの切り傷を、ちょっと指で触れてみた。

「いや、べつに、ボブ。人工遺物の発掘というのは、その過程で二、三、こぶや打ち身をつくってしまうのがつきものでね。それぐらいのことは知ってるだろう」

　ワゴナーは考えこむような顔になった。

「それは額面どおりに受けとっておこうか、マイクル。じゃあ、ほかになにか、心配ごとがあるんだね。力になれるかもしれないから、話してみないか？」

　マーフィーとしても、話して肩の荷をおろしたいのは山やまだった。思いのありったけを友人にしゃべってしまいたい。だが、いざそのときになると、どう切りだしていいものかがわからず、舌がこわばってしまっていた。

　ワゴナーは、友に時間を与えることにした。よき助言者である秘訣は、沈黙を恐れないことだとわかっていたからだ。だが、沈黙が長引くうち、軽く促してやったほうがマーフィーは話しやすくなるのではないかという気がしてきた。

「ローラのことかね？」

　マーフィーはうなずいて、大きくため息をついた。

「前にも話したことでね、ボブ。あんたは、ほかのだれにもできない最高の忠告をしてくれた。ローラの送ったすばらしい人生に感謝をささげろと。そこで、わたしは、彼女といっしょにやろうと思っていてできなかったすべてのこと、ともにすごそうとしてすごせなかった歳月のすべてを考えるのはやめて、そうするようにしてきた。そして、彼女がこの地域で暮らす日常のなかでしてくれたよきことを、ひとつひとつ思いだすようにしてきた。そうしてきたんだ、ボブ。自分の人生にローラを与えてくださったこと、そして、わたしに多大なしあわせを与えてくださったことに対して、毎日、神に感謝をささげてきた。でも、正直に言うが、それと同時に、神がローラの命が失われるのを放置したというのは、どうしても信じることができなかった。いくら感謝しようとしても、この苦痛とむなしさはいっこうに減じてはくれないんだ」

ワゴナーは話を最後まで聞いてから、手をのばして、マーフィーの手を強く握りしめた。

「わたしにも容易には答えを出せないことだし、マーフィー、それはあんたにもわかっていると思う。ただ、神はけっしてわたしたちを放置したり、見捨てたりはなさらない。そのこともわかってほしい。いまは容易ならざる状況であるように思えるだろうが、神は必ず、あんたがこの事態を乗りこえる手助けをしてくださるだろう、マイクル。それに、おおぜいの友人があんたのために祈ってくれてもいる。アルマとわたしも、あんたとシャリのために、そしてあの爆発で傷ついたひとびとや、愛するものを失ったひとびとのために、毎晩、祈りをささげているんだ」

「それはわかってるし、ボブ」涙をあふれさせながら、マーフィーは言った。「ありがたく思ってるよ」手で顔をぬぐって、なんとか笑みを浮かべようとした。「とにかく、祈りをさぼらずにいてくれるかい？」

「約束するよ」ワゴナーは笑いだした。

ちょっとためらってから、マーフィーは言った。

「もうひとつ、あるんだ。タロンのこと」

ワゴナーの顔に翳がさす。

「ローラを殺した人間だね。ほかのひとびとを殺したのも、そうだった」

「あいつを人間と呼んでいいものかどうか」歯を食いしばって、マーフィーは言った。

「かといって、獣と呼んだら、鼠やゴキブリを侮辱することになりそうだ。率直なところ、ボブ、わたしはあの邪悪な存在に対しては――」邪悪というのは不敬なことばだと気がついて、彼はちょっとことばを切った。「憎悪しか、いや、憎悪と、復讐してやりたいという煮えたぎるほどの思いしかいだいていないんだ」

「わたしもきっと、そうなると思うよ、マイクル」ワゴナーは言った。「もし殺されたのが自分の妻であったら、同じ気持ちになったと思う。そうなるのは、ごくあたりまえのことだ。しかし、これだけは言っておこう。憎悪に圧倒されて、それにおのれが支配されることになってはいけない。憎悪する対象にばかり心を向けていると、それと同じ存在になってしまうおそれがある。言うは易しということはわかっているよ。でも、それが真実なんだ。悪魔はつねに、わたしたちを自分と同じレベルに貶めようと狙っている。そんなことをさせるわけにはいかない。タロンのような連中を裁くのは、全能者にゆだねなくてはいけない。わたしは、あんたが二度とあの男とあいまみえることのないようにと願っているんだ」

「あんたの言ったことはよく頭に入れておこう、ボブ。それでも、また考えかたが合わなくなる可能性はあるかもしれない」

「どういう意味かね？」

「ただの予感。べつになんでもないのかも。とにかく、わたしはいま、ある重要な聖書の人工遺物を調査するための探検に乗りだす計画を立てているんだが、ある人物がそれに対する警告を送ろうとしているような気がするんだ。まあ、ちょっとした注意の喚起程度のものだとは思うんだが」

ワゴナーは、意味を正しく読みとっていた。タロン。教会を爆破した犯人。ローラを殺した犯人でもある。すべては、ネブカドネザルの〈黄金の頭部〉の探索と関係して起こった事件だ。〈黄金の頭部〉は、マーフィーが古代にバビロンがあった地点の近辺で発見したのだが、じつはその探索のあいだ、あるきわめて有力な――そして邪悪な——連中が、なんとしてもそれを手中におさめようとしていたのだった。

「そういうことなら、わたしとしては、慎重にやるようにとしか言えないな」ワゴナーは言った。「あんたは、あの〈頭部〉を発見したいきさつをつまびらかにしてくれないが、ひどく剣呑なものだったことぐらいはわかっているからね」

「あの件については、そのうち本を書いてもいいが」マーフィーはくっと笑った。「いまは、書かない。目の前に大きな仕事が待ち受けているような気がするんだ」

ボブはポケットに手をつっこんで、カードを一枚、とりだした。

「では、もうなにも言うまい——ただ、神はつねにあんたとともにあることだけは忘れないように。これを渡しておくから、その気になったら、ときどき読みなおしてくれ。ある有名な伝道師がした説教の一節でね。わたしは助言の句として用いさせてもらっている。いつか失意を味わう時が訪れたら、これが助けになってくれるだろう」

マーフィーは記されたものを見もせず、カードをポケットにつっこんだ。

ワゴナーはカウンターのほうへ目を向けて、ロザンナに手をふった。彼女がうなずいて、コーヒーポットに手をのばす。

「ところで、ハンク・ベインズというFBI捜査官のことは憶えているだろう？」と彼はたずねた。

「もちろん。爆弾事件の捜査主任をやってた、バートン・ウェルシュの下で働いていた男だろう?」

　ワゴナーはうなずいた。

「その男だ」

「彼がどうかしたと?」

「ひと月半ほど前から、彼の家族が教会に来るようになっててね。日曜日には必ずやってくる。とても熱心であるように見えるんだ」

「すばらしいじゃないか。それで、ベインズ本人はどうなんだ?」

「いや、来るのは奥さんと娘さんだけだ。娘さんが、なにか法的な問題で困っているらしい。そこで、わたしはシャリ・ネルソンに、よければ彼女とときどきいっしょにいてあげてくれないかと頼んだんだ。あんたはどう思う?」

「それはいい考えだね。シャリはシャリで、いまはポールのことで悩んでるけど、他人の問題に心を向けるのは彼女にとってもいいことだろう。法執行官であるだけでも厳しい人生なのに、娘の問題までかかえこんでいては大変だ。記憶にあるところでは、ベインズはものやわらかな人物だった。心からひとびとのことを気づかってるように見えたね。ボスとはちがって。ボスのほうは尊大で——わたしは何度も衝突したものだ」

「ウェルシュはもう、ＦＢＩにはいないんだ」

「なにがあったんだ？　クビになったとか？」にやっと笑って、マーフィーはきいた。

「いや、そうではないと思う。とにかく、聞いたところでは、いまはＣＩＡで働いているそうだ」

「よかった！　それなら、彼のお相手をさせられることは二度となさそうだ！」

「そうなる原因ができずにすむように願いたいね」とワゴナー。「おっと、うっかり忘れてしまうところだった。ハンク・ベインズのことに話を戻そう。二週間ほど前に、彼からこんな名刺をもらったんだ。あんたに渡してくれるようにと頼まれてね」

「わたしに？」

「うん。あの捜査の際のあんたの身の律しかたに、いたく感銘を受けたそうだ。ローラがあんなことになったときの、ものごとへの対処の仕方には、いっそうの感銘を受けたと。あんたの記憶にあるかどうかは知らないが、彼は葬儀にも出席していたんだ。もしあんたが時間を割いてくれるようなら、話をしてみたいということでね」

「なんの話を？」

「知らないね。それは聞いていないから。ほら、彼の名刺だ。電話を入れてやってはどうかね？」

ワゴナーは腕時計に目をやった。

「マイクル、わたしはそろそろ行かなくては。教会まで乗せていってくれないか？

三時に約束があるんだ」

「いいとも。時間をとってくれてありがとう。忠告にも感謝するよ。心からありがたいと思ってる」

ワゴナーはマーフィーの手をかたく握りしめた。

「十二使徒のひとり、パウロが『ローマ人への手紙』にしたためたことばを頭に入れておくように。〝わたしたちは神の栄光にあずかる希望をもってよろこんでいます。それだけでなく、苦難をもよろこんでいます。なぜなら、苦難は忍耐を生み出し、忍耐は練達を、練達は希望を生み出すことを知っているからです。そして、希望はわたしたちを欺くことがありません。なぜなら、わたしたちに与えられた聖霊によって、神の愛がわたしたちの心に注がれているからです〟」


マーフィーは教会でワゴナーを降ろし、その姿が建物のなかに消えるまで待ってから、車を降りて、裏手の小さな墓地へと足を運んだ。ローラとともにすごした楽しい日々を思い起こすつもりだった。彼女のそばにいたいという思いには、抗しがたいものがあった。まもなく、彼は墓地の地面に埋められた銘板を見おろしていた。

ローラ・マーフィー――彼女は神を愛していた

マーフィーは草の上にすわって、泣きはじめた。涙が涸れるまで泣きつづけた。時のたつのも忘れて。

やがて、近くの柳の木の上でさえずる小鳥の声が、耳に入ってきた。彼は耳を澄ました。

楽しかった日々のことを考えよう。

彼はポケットに手を入れて、さっきレストランでボブ師から渡されたカードをとりだした。

突然の嵐のなかで神の道を見いだすならば、それはわたしたちの信仰をさらに押しひろげることになり――また、〝日常の暮らし〟のなかで神の知恵を信じるならば、それは信仰をさらに深め、強めてくれることになるだろう。周囲の状況がどうであれ――そして、それがどれほど長くつづこうとも――いまのあなたがどうであれ、わたしはこのような助言をしたい。木は、風が強いほどに根は深く、風が長く吹くほどに……美しく育つものだ。

5

午前一時五十分、シェイン・バリントンは滑走路からタラップをのぼって私有のジェット、ガルフストリームに乗りこんだ。コックピットのかたわらにある扉のところで、乗員が彼を出迎える。

カール・フォアマンは、なにか言ったほうがいいのかどうかと迷いながら、帽子のつばに手を触れた。バリントンの下で働くようになって四年がたつから、彼の機嫌を読みとるのは、ずいぶんうまくなってはいるのだが。バリントンは服従を要求するが、追従的な態度には腹を立てる。カールはこの四年のあいだに、へつらいの度が過ぎるのは非効率、あるいは無能力だとしてクビになった社員を多数、目にしてきたし、彼が比較的長い期間、バリントンの被雇用者でいられたのは、そのときどきの状況において求められるものはなにかを理解していたからだった。いま、バリントンは、いかにも底意地のわるそうなしかめ面という、ふだんの表情ではなく、それがふつうの人間であれば、恐怖を覚えているのだろうと受けとれる表情をしているのだが、カールの知るかぎりでは、バリントンはなにものをも恐れない男なのだ。そんなわけで、カールは一瞬、判断を誤ってしまった。

また、そんなわけで、彼はバリントン・コミュニケイションズの社員として、最初の——そして、最後の——失策を犯してしまったのだった。

「だいじょうぶですか、バリントンさん？　お見かけしたところ——」

バリントンが獣のように歯をむきだして、さっと向きなおる。

「なんと言った？」とバリントンはどなり、カールは一瞬、相手がほんとうにこちらの喉もとにつかみかかってくるのではないかと思った。

「わたしはただ……すみませんでした。なんでもありません……」つっかえつっかえ、彼は答えた。

「わたしの話がまちがっていたら、正してくれればいいが、フォアマン」バリントンは、ぐっと抑制のきいた声になって、ことばをつづけた。物理的暴力におよびそうだったさっきの勢いは消えて、冷酷非情な口調になっている。「わたしは、こちらの健康を気づかってもらうためにきみに給料を払っているのではないと考えている。きみに給料を払っているのは、飛行機を飛ばしてもらうためではなかったかね？」にやっと笑う。「いや、飛行機を飛ばしてもらうために、給料を払っていたと言うべきか。スイスに到着した時点で、きみはクビだ。しかし、案じることはない。あそこでは、つねにスキーのインストラクターが求められているからね。きっと、おおいにうまくやっていけるだろう」

彫像のようにつったったままのカールを押しのけて、バリントンが機内へ入っていく。たった一度の愚かな発言がもとで、四年間の努力が泡と消えていた。カールはいっとき、バリントンは世界でもっとも無慈悲な事業者であることを失念して、思わず、ふつうの人間に手をさしのべるような態度をとってしまったのだった。

コックピットへ足を戻しながら、レニィになんと言ったものかと、彼は考えていた。丘の上の大きな家へ引っ越そうという、ふたりの計画は変更せざるをえないだろうし、そうなれば、いっしょになろうという彼女の心づもりも変更されることになりそうだ。いまとなっては、二万ドルのダイヤの婚約指輪などは、完全に問題外だった。

一瞬、わざと機をアルプスにぶつけてやろうかという思いが浮かんだ。そうすれば、この機を実際に動かしているのはだれなのかをバリントンに思い知らせてやることができるだろう。だが、自分にそんな行為をやってのける度胸がないことはわかっていた。そうとも。苦い笑みをもらしながら、彼は考えた。あいつに思い知らせてやれる展開があるとすれば、レニィがいつも自分に読めと言っているあの本に記されているように、飛行機が下降していくあいだに、キリストを信じる者たちだけが天国へひょいと連れていかれ、バリントンのような悪党どもは、勝手にしろと放置されるというものだけだろう。もちろん、それは、自分やほかのパイロットたちは天使のティームに拾ってもらえると仮定しての話。そして、悪魔は、同族を助けて、みずから状況を掌握しようという決断はしないと仮定しての話だが。

筋骨たくましい体を、自分の身にぴたりと合うようにデザインされた、やわらかな革張りシートにのばし、長いフライトに備えて心身をくつろがせるようにしてはいても、バリントンの心中には同じ思いがくりかえし浮かんできた。離陸してもいないうちに、機の中枢的な乗員にわざと屈辱を与えるとは、なんとばかげた行為をしでかしたことか。あの男の命運がどうなろうとこちらの知ったことではないが、自分の所有する航空機を復讐の手段としてパイロットにあずけるというのは、けっしていい思いつきではないし、あの男はいまこの瞬間、そんなことを考えているにちがいないのだ。バリントンは、おのれの強大な権力を配下にあるひとびとに容赦なく行使してはいるが、現実問題として、いまは自分のほうが弱い立場にあることはよくわかっていた。自分が怯えているために、社員のひとりにひどい侮辱を与えてしまった。

いや、怯えているというより、恐れている。

スイスへ飛び、そこで会うことになっている連中を、恐れているのだ。

〈ザ・セヴンズ〉を。

彼らは、この自分が世界一の富豪に、そしてもっとも強力な経営者になることを助けてくれてはいるが、その気になれば、それと同じくらいやすやすと自分を破滅させることができるからだ。

そして、彼らが自分をあの山中の陰気な城に召喚したのは、自分を快く思ってのことではないかもしれないのだ。

そのフライトのあいだ、彼はずっと、自分が〈ザ・セヴンズ〉のためにしてきたあれこれの詳細をひとつひとつ思い起こし、不十分さや怠慢なところを示す形跡、あるいはまた、不服従や不熱心さと解釈される点はないだろうかと記憶を探ってすごした。飲食物の申し出はすべて断わり――パリの四つ星レストランから引きぬいたシェフを、機の豪華なキッチンのなかで手持ちぶさたに立たせたまま――ありとあらゆる可能性を、疲れきってしまうまで考えつづけたが、機のホイールがチューリッヒ空港の滑走路を打ったときになってもまだ、真相を突きとめたというには程遠い状態だった。

自分がどのような失態を犯したのかについては、彼らの前にすわって、話を聞くまで、待つしかないようだ。彼らはそのときに、自分をどう扱う予定でいるのかを話すつもりなのだろう。

彼は笑った。犬が吠えるような、引きつった短い笑い声だった。つまるところ、カール・フォアマンはこの機を操縦して戻ることになるということか。クビにされる人間はこの自分、バリントンとなって。そして、〈ザ・セヴンズ〉というのは、クビにするときは、もののみごとにクビにする連中なのだ。

おそらく、彼らはそれを実行するために、あの殺人狂、タロンを手もとに置いているのだろう。

そのとき、扉が開く音が聞こえて、バリントンは身を震わせた。それでも、すぐに立ちあがって、ネクタイを直し、上着の袖口からシャツのカフスを出し、ありったけの威厳を示そうとつとめた。リムジン《リモ》が待っていることはわかっている。運転席にいるのは、あの薄気味のわるい運転手であるにちがいない。いまからは、ジェットコースターに乗るような展開になる。終点に着くまで、降りるすべはないだろう。

問題は、悲鳴をあげるのを抑えられるだけの自制心が自分にあるかどうかということだけだった。

街を出ていく車のなかで、バリントンは、スモークガラスの窓ごしに見てとれるものに注意を集中しようとつとめていた。車はリンマート川を渡り、紀元七〇〇年代にカール大帝《シャルルマーニュ》によって建設された、壮大なグロスミュンスター寺院のそばを通りかかった。カール大帝——神聖ローマ帝国の皇帝。あれこそが権力というものだ、とバリントンは思った。あの暗黒時代において、神聖ローマ帝国は世界帝国にかぎりなく近い存在だった。

そして、もし〈ザ・セヴンズ〉が野望を達成すれば、そういう存在がふたたび世に現れることになるだろう。ただし、こんどは、その帝国は文字どおり、この地球を隅ずみまで支配することになるのだ。

運転手を話に誘いこめば、〈ザ・セヴンズ〉の思惑を知る手がかりが少しでもつかめるかもしれない。が、そう考えたつぎの瞬間、このおかかえ運転手にはひどくおかしな点があることを思いだしていた。

この男には舌がないのだ。

初めてこの運転手の車で城へ向かったとき、この男はうつろな口をかっと開いて、ぞっとするような笑みを浮かべた。こいつはきっと、よろこんで同じことをして、その事実を思いださせようとするにちがいなかった。

車はまもなく、どこまでも高みへとのぼっていく、曲がりくねった山あいの道路にさしかかった。山脈に雲が低く垂れこめ、雪がひらひらとアスファルトの上に舞いはじめる。周囲がこんな風景になると、現実の世界を完全にあとにして、いまから魔女や悪鬼が跋扈する摩訶不思議な領土へ入っていくのだと信じてしまっても、おかしくはなかった。

「たぶん、ここはもうカンザスじゃないんだろうな、トト?」バリントンはつぶやいた。

運転手が後部シートのほうへ首をまわしかけたので、バリントンはあわてた。

「なんでもない。ただのジョークだ。きみはなにもしゃべらないことはわかってる。ただのひとりごとだよ」

やがて、メルセデスのタイヤが砂利を踏む音が響き、車が城の正門から内部へ乗り入れたことを知らせたとき、バリントンは目を閉じていた。近づいていく途中で、霧のなかから城がのしかかるように姿を現す光景を目にせずにすんでよかった、とバリントンは思った。墓地に立ち昇る死霊の群れのような、あのゴシック様式の尖塔群を目にしたら、決意がぐらついていたかもしれない。

忘れるんじゃないぞ。車を降りて、運転手が開いた傘の下へ足を向けながら、彼はみずからに言い聞かせた。いっさい恐怖を示さずに、最後まで乗りきるんだ。そうすれば、彼らに完全に打ち負かされたことにはならないんだからな。

彼は腕時計に目をやった。ぴたり定刻。スイスという土地には、自分を几帳面にさせる要素があるらしい。もの言わぬ運転手のほうへ目を向けると、相手は、城の巨大な錬鉄の扉のほうへ進むようにと促してきた。

〈ザ・セヴンズ〉のために働くことにも、やはり、そういう要素があるらしい。

すっかり忘れていたが、玄関ホールはひどく広大だった。壁に設置された一ダースほどのトーチの揺らめく光のなか、目に見えず、命を持たない無名の衛兵のように立っている、いくつかの古めかしい甲冑をのぞけば、その広大な場所にいるのは、バリントンのみだった。

どうやら、彼らは、こちらは手順を心得ているものと想定しているようだ。

忘れるわけがないだろう。

ほの暗いホールを抜けていくと、陰気な中世のものばかりのなかに、いまは二十一世紀であることを明瞭に思い起こさせる物体、大きな鋼鉄の扉が見えてきた。ひとつ深呼吸をしてから、そちらへ歩きはじめる。近づいていくと、シューと低い音が聞こえて、扉が横手へするすると開いていった。なかへ足を踏み入れると、扉はまた低い音とともに閉じた。目の前にボタンがふたつ、見える。下向きの矢のかたちをしたボタンを選び、はたして、このあと自分は生きながらえて逆方向のボタンを押すことができるのだろうかと思いながら、彼はそれを押した。

下降していく感覚は、ほとんど感じとれなかった。やがて、扉がかすかな音とともに開き、バリントンはほの暗い広大な部屋へと足を踏みだした。照明は天井からのビームのみで、その光が、見慣れた形状をしたものを――肘掛けにゴシック様式の怪物《ガーゴイル》どもがごてごてと彫りこまれた木の椅子を――照らしていた。その椅子の二十フィートほど向こうに長いテーブルがあり、床まで垂れる、血のように赤い色をした布がその上に掛けられている。

テーブルの向こう側に、七脚の椅子が置かれ、六名の人間、というより六つのシルエットが、それを占めていた。中央の椅子は空いている。

「ようこそ、セニョール・バリントン。久方ぶりだね。さあ、名誉の椅子にかけてくれたまえ」ヒスパニックの男が、ものやわらかに言った。

バリントンが部屋のまんなかに置かれている椅子のほうへ歩きだすと、右手の暗がりのなかで床をこするような音がするのが聞こえてきた。その方向へ目をやると、暗がりのなかから人影がひとつ現れて、テーブルの向こう側の、中央の椅子へ歩いていくのが見えた。バリントンとそのシルエットになった人影が、同時に腰をおろす。

バリントンは肘掛けを両手で握りしめて、中央の席にすわった男が口を開くのを待った。沈黙の時間がつづくうちに、恐怖が憤懣へと変わっていく。自分は〈ザ・セヴンズ〉のためにあらゆることを——ありとあらゆる虚言や犯罪や裏切りを——やってきたのだから、彼らもこちらにそれなりの敬意を示してもよさそうなものではないか？　それでも、希望を与えてくれる材料が、ひとつはあった。彼らがまだ顔をさらそうとしないということは、たぶん、自分を殺す計画はないのだろう。

が、またすぐに思いなおした。彼らはたんに、こちらの気持ちを揺さぶりにかかっているだけなのかもしれない。なにしろ、彼らはそういうことが得意であるようなのだ。

ようやく、バリントンが予期したとおりの冷ややかな声が、沈黙を破った。

「きみは多忙な男だ、バリントン。その点は、われわれにしても同じであって――」

男の右手から、女の咳ばらいがあがった。

「失礼した。われわれもまた、多忙な男、および女だ。そういうわけで、もしきみが、われわれがきみに時間を割かせて、ここに来させたのは、たんにきみを……処分するためだと考えているとするならば、きみはいまだに、われわれがこぞって達成を誓約した偉大な事業の重要性を過小評価しているということになろう。考えちがいをしてはならない。だがわれわれがきみの会社に五十億ドルの資金を投下して以来、きみはきわめて満足すべき行動をしてきた。われわれの目標とする地点は、まだはるか遠くにあるが、バリントン・コミュニケイションズに対する支配力は、われわれの武器庫においてもっとも肝要な兵器となっている」

話し手の左側の席から、くすくす笑いがもれた。

「われわれのためにこれほどみごとな戦いをしてくれる人間が、ほかにいるだろうかね?」

中央の男が、こんどはかすかな不快感をまじえて、話を再開する。

「まさしく。それはさておき、いままたきみに、新たな課題をわれわれのために果たしてもらう必要が生じている。これには、きみのもっとも悪質な特性を――いや、技能と言うべきものを――存分に発揮してもらうことになろう」

バリントンは反駁をはじめようとしたが、相手の声がそれをさえぎった。

「マイクル・マーフィーという人物のことは知っていよう？」

「もちろん」とバリントンは応じた。「考古学者だ。わたしの記憶しているところでは、あんたたちはある時点において、彼を死なせようとしているのではなかったかな。生きているほうが役に立つと思われる期間が過ぎたところで。つまり、有用であるおかげで、彼は生きのびさせられてきたと？　あんたたちは、彼がひそかに始末されることを望んでいる？　そして、わたしにそれをやらせようと思っているのか？」

バリントンは、たんなる日常業務にすぎないと思っているような調子で言った。なすべき仕事を書きとめたリストのひとつであるにすぎないと思っているような。

「いや、まったく、バリントンくん」と声が答える。とびきり頭の回転が鈍い下級者に話すような口調だった。「われわれは、その種の仕事ばかりをさせようとしているわけではない。そうではなく、まあ、いわば、マーフィー教授が拒否できないような申し出を、きみにしてもらいたいということだ」

バリントンは気を引かれた。

「で、それはどういうものだと？」

「つまり、マーフィーにあることを申し出てもらいたい。バリントン・コミュニケイションズの業務として」

バリントンは当惑を覚えた。

「彼は考古学者であって、テレビ・リポーターじゃない。そんな男に対してどんな申し出ができるというのかね?」

「カネだ。言うまでもない」との答え。「考古学の発掘というのは高くつく仕事だが、マーフィーは主流を大きく外れた見解を持っているために、資金集めに難渋している。もしなにか、大きな発見に——なにか、抗しがたい発見に——結びつく手がかりをつかんだと感じれば、彼はきみの出すカネであっても——それが成功と失敗を分かつ鍵になるとするならば——受けとるだろう。きみの弁舌の才をもってすれば、彼を説得して、バリントン・コミュニケイションズの考古学分野における企画担当者になるのは利益があるのだと信じさせることは可能であるにちがいない」

バリントンは顎をさすった。

「うん、それはできると思う。必要になるものがあるかも——」

「必要な資金は与えられる」たたきつけるような応答が来た。「特別口座に、別途十億ドルが用意されている。それだけあれば、もしマーフィーが中東全域を広大な考古学的発掘場に変じたがったとしても、十分な資金となるはずだ」

バリントンはヒューと口笛を吹いた。

「弁舌の才がある人間が束になっても太刀打ちできない金額だ。それにしても、それがあんたたちにとってなんの得になると？　どういうわけで、マーフィーにカネをつかませようとするのかね？」

どこかはわからないが、ヨーロッパ風のアクセントのある英語で、女の声が口をはさんでくる。

「理由は、あなたの関知すべきところではないの、バリントン」

そのつづきがどうなるかについては、女は彼が考えるに任せた。

あなたが関知すべきは、やるか、さもなくば死ぬかということよ。

「まさにそのとおり」冷ややかな声が同意した。「とはいえ、大きな構図のごく一端をこのわれらが友に見せたところで、害はないだろう。いいかね、バリントンくん、マイクル・マーフィーは、考古学的物品……われわれが関心を持つ、考古学的物品を発見するための〝こつ〟を心得ている。同じティームにくわえることができれば、多少は事情が好転するだろう。マーフィー自身はそのことを知らずともだ」

同感の笑い声が、テーブルについた面々にひろがる。

「友とは親密であれ。そうだな？」とバリントンは言い、こんどは、話のつづきを考えるのは相手の連中に任せた。

「そして、敵はそばに引き寄せろ。まさしく」あの冷ややかな声が応じた。「では、そろそろ乗機にひきかえして、マイクル・マーフィーの魂を堕落させるための緻密な計画を練りにかかってもらうとしよう」

バリントンは立ちあがり、緊張が解けていくのを感じながら、その場を離れようとした。

「あと、ひとつ」あの声が大きくなり、あげかけた彼の足を途中でとめさせる。「念のために、言っておこう。きみは、あの不機嫌な雇い人が――というより、かつての雇い人が――なにか興味深いことがらを当局に申し立てるのではないかと案じているのではないかね」

「フォアマンのことか?」なんでまた、この連中があの男のことまで知っているのだ?「あの男にそんな度胸はないさ。わたしの評判はいやというほど知っているから、よけいなことはしないだろう」

「とりあえず、安全のため、われわれが彼の処理にあたろう」

声がそう言ったときになってやっと、バリントンは部屋の隅の暗がりに別の人影が座していることに気がついた。

なるほど、そういうことか。タロン。これで、フォアマンはもはや、ダウンヒルの技術を磨く必要はなくなったというわけだ。バリントンは寒気が身をつらぬくのを覚えつつ、足を速めて、エレベータの扉をめざした。その間ずっと、あの捕食獣じみた目がこちらを見つめているのが背中に感じとれるような気がしていた。

エレベータの鋼鉄の扉が閉じるなり、やわらかな光がともって、テーブルについている五人の男とふたりの女の顔を照らしだした。彼らの顔がいっせいに、隅にいる男のほうへと向けられる。その人影は、まだ影のなかにあって、だれとはっきり見分けることはできなかったが、抑制された凶暴性を発散しているのはたしかだった。

「ようこそ、タロン。フォアマンくんにはなんの面倒もないと確信するが？」

タロンは鼻であしらった。

「虫をたたきつぶすほうが、よほど……面倒ですな」中央の椅子に座した男のほうへ顔を向ける。「こんどは、マーフィーに懐柔的な接近を試みるというわけですか」マーフィーという語を、彼は苦虫を噛みつぶすような感じで言い放った。「どうしても、もっと直接的なやりかたはとりたくないと？　おれは虫でもたたきつぶせそうだから、あの男もあっさりとひねりつぶしてあげられると思いますがね」

「落ち着け、タロン」〈ザ・セヴンズ〉の指導者が言った。「きみとマーフィーのあいだに未決着の用件があることは、わかっている。しかし、その用件にかたをつける時は、そう遠くはないだろう。自由の羊皮紙財団にいるわれわれの内通者が、新たに発見されたきわめて貴重な人工遺物に関する興味深い情報を伝えてきたことは憶えているな？　わたしは、その遺物は彼らが考えている以上に貴重なものであろうと考えるようになってきた。バビロンの暗黒の力を解き明かすための、核心となるものであろうと。そして、きょうこの日に、ＣＩＡのわれわれのエージェントたちから、トルコにおいて、きわめて秘密裏になにかが進められているとの知らせが入ってきた。このふたつのことがらは関連を持っているのかどうか？　きみはどう考えるかね、タロン？」

タロンは、男がこちらの心理を操作して、生来の殺しの衝動をたくみにそらそうとしていることを察知していた。だが、〈ザ・セヴンズ〉はたっぷりと報酬をはずんでくれるし、そう遠くないうちに、この手を血に染める仕事をさせてもらえることもわかっていた。

「それは、答えがわかってからのお楽しみということで」それだけ言うと、彼は立ちあがって、歩きだした。獣のようなよどみのない足どりでエレベータまでの道のりをなかば進んだところで、ふりかえって、にやっと笑う。「わが友、マーフィーが関与しているのかどうかは、知ったことじゃないが、おれたちがふたたびあいまみえる運命にあることは、まちがいないということでしょう。そして、そのときには、生きてその場を立ち去れるのは、どちらかひとりということになるんでしょうな」

6

「ＦＢＩ捜査官が一個人として話をしに来るというのは、よほど重要な用件があってのことにちがいない」用心深く、マーフィーは切りだした。「電話では話したくないということは――当ててみようか。あんたは、政府転覆の陰謀を嗅ぎつけた。そして、それはすべて、わたしたちのささやかな教会で計画されたことだと考えている」

　ベインズは顔をしかめた。

「いやその、マーフィー教授、あの爆弾事件の捜査過程で局がいくつかの失態を犯したことについては、認めるにやぶさかではないです」マーフィーがくいと眉をあげたのを、彼は見てとった。「オーケイ。いくつかの大きな失態を、です」

「それで、あんたがＦＢＩを代表して謝罪に来たと？　これほどの時間がたったのちに？　けっこうな話だね」マーフィーは言った。

　ベインズが立ちどまって、両手を腰にあてがう。ふたりはいま、キャンパスの外れにある遊歩道を歩いているところだった。その道の向こうは木々におおわれたなだらかな丘になっており、そんな静謐な場所で、たがいに張りつめた気配を漂わせているのは場ちがいであるように感じられた。マーフィーは相手のほうに向きなおって、腕を組んだ。

「マーフィー教授、局があなたと奥さんに与えた苦痛を埋めあわせるために、なにかできることがあるようなら、なんでもします。もしわたしからの謝罪をお求めであれば、それもしましょう」

「しかし、あんたが会いに来たかったのは、それが理由じゃないね」とマーフィー。

「ええ。別のことで、あなたとお話をする必要がありまして。局の職務とはまったく無関係です」ベインズはそう言って、上着の前を開き、通常はショルダーホルスターのあるところを示してみせた。「このとおり、銃も携行していません」

「だから、個人としてのことだと?」

「そうです」ベインズは目を伏せて、足もとの地面を見つめた。

六フィートを二インチほどこえていそうな長身で、肩幅が広く手足の長い体形をしているが、いまは心配ごとのために体重が減っているように見える。気の毒な境遇にあるようだ、とマーフィーは思った。

「オーケイ、ベインズ捜査官。ボブ・ワゴナーに聞いたところでは、あんたはなにか家族の問題をかかえていて、話しあいがしたいということらしい。手厳しい態度に出たことは申しわけなかった。自慢できるようなことじゃないね。ただ、わたしはまだ、あの事件のことで、ひどくつらい思いをしているんだ。といっても、あんたの責任というわけじゃない。まちがった相手に感情をぶつけてしまったようだ」

「それはいいんです」ほっとしたようすで、ベインズは答えた。「もしわたしがあなたの立場なら、いまでもいろんな思いが渦巻いて、どうにも気がおさまらないところでしょう」

「それで、わたしに会いに来たかった理由というのは?」マーフィーは問いかけた。

「そう、そこなんです」ベインズが説明にとりかかる。「あのときの、あなたの対処の仕方。FBIが、信徒たちのなかに教会を爆破した犯人がいるとして、誤った嫌疑をかけ、そのあと……あなたの奥さんにあんなことがあって。とほうもない苦しみが降りかかっていたはずなのに、あなたは心の平静を保っているように見えた。あのような状況になれば、絶望しきってしまうひとが多いのに、あなたの場合、なにかがそうなってしまうのを押しとどめて、前に進めさせていたように思えるんです」

「信仰」簡潔にマーフィーは言った。「人生においてあらゆることがうまくいかないとき、ひとが持てるのはそれしかない。そして、それが必要なもののすべてなんだ」

「やはり」うなずきながら、ベインズは言った。「前にも言ったように、わたしは感銘を受けました。そして、わたしの人生においてうまくいかないことが生じはじめたとき、あなたのことが頭に浮かんだというわけです」

マーフィーが当初、いだいていた敵意は、いまはすっかり消え去っていた。ベインズは真摯な態度をとっているようだし、心の内をさらけだそうとしているのは明らかだ。連邦捜査官がこういう人間的な面を見せるのはめったにないことだから、マーフィーとしても留保抜きで関心を示さずにはいられなかった。

「さあ」マーフィーは言った。「歩こう。こんなにさわやかな朝なんだからね。歩きながら、あんたのかかえている問題を話してくれればいい。力になれることがあるようなら、力を貸そう」

「ありがとう」とベインズ。「いくら感謝しても、しきれないほどです。この数ヶ月、気が狂いそうな思いをしていて、どうすればいいものか、さっぱりわからない状態だったんです」

ふたりは二、三分、無言で歩きつづけ、そのあいだにベインズは考えをまとめていた。

「しばらく前から、妻と娘がプレストン地域教会に通っています」と彼は切りだした。「妻の発案で。ティファニィにとっていいことではないかと妻は考え、ほかにはなにも思いつくことがないようだったので、わたしも、やってみたらいいんじゃないかと思ったんですが」

「じゃあ、問題は娘さんのティファニィだと？」

ベインズは力なくうなずいた。

「そうです。娘が数人の友人とともに逮捕されたのが、だめ押しでした。みんなで一台の車に乗って、ビールを飲み、空き缶を歩道にいるひとたちに投げつけたんです。わたしのように、犯罪者の検挙につとめたり、ティファニィやその友人たちのようなふつうの市民のために町の安全を維持することにつとめたりしている男にとって、それは対処に苦しむできごとでした。そして、いま申しあげたように、それは――ありとあらゆる不品行からなる長いリストの、最後のひとつにすぎなかったんです」

マーフィーは考えこむような顔になった。

「で、そういう不品行は、いつからはじまったと？　問題があると、最初にあんたが思ったのはいつのことかね？」

「ささいなことのように聞こえるでしょうが」とベインズ。「はじまりは、娘の部屋でした。かたづけをしようとせず、ひどくちらかったままにしているようになったんです。妻のジェニファーがかたづけてやろうとすると、ティファニィは妻に悪態をつくのがつねで。娘は、一夜のうちにひとが変わったようになって――騒々しい、激しやすい、文句ばかり言いたてる、気はころころ変わる、なにごとも最後までやりとおそうとはしない、のべつ怒っているというありさまになって――『エクソシスト』に出てくる少女がそうだったように、なにかに憑かれた人間のようになってしまったんです」

マーフィーは笑って、ベインズの肩をぽんとたたいた。

「残念ながら、わたしは聖職者じゃないから、悪霊にまつわる話をしてもらっても、悪魔祓いを手助けしてあげることはできないね。ただ、状況がその段階にまで至っているとは、到底考えられない。聞いたかぎりでは、片意地な娘をもてあましているだけだと思えるんだが」

「それなら、どうして、話すら通じないんでしょう？　わたしたちのやることなすことすべてが、事態を悪化させてしまうのは、なぜなんでしょう？」

「ひとつ、きいてもいいかな」マーフィーは言った。「娘さんは、なにひとつ、まともなことはしない？」

その質問は、ベインズの意表を衝くものであったらしい。

「ええと、いや、そんなことはないです。つまりその、娘は創造性を持っていて、学校の美術の成績は優秀です。英語の成績も良好ですし。課題をやりとげる気になれた場合の話ですが」彼はそう付けたした。

「で、あんたはどうなんだ？」マーフィーはきいた。「あんたは創造的なタイプなのか？」

ベインズはちょっと当惑した顔になった。これはティファニィの問題であって、自分の問題ではないはずなのにというところか。

「いや、まったく。わたしがFBIの捜査官になったのは、なぜだと思います？　事実を、論理を扱うのが好きなんです。あらゆることがしかるべきところにおさまる世界が。細目や、構造が。わたしには、芸術関係のひとびとというのは、いいかげんで、無節操であるように思えます。感情に流されるきらいがありますし。わたしはつねに冷静で、自制を保っているのが好きなんです」

マーフィーは笑った。

「なんというか、ハンク、あんたはいま自分の口から、あんたとティファニィがうまくやっていけない理由を言ったんだと思うよ。あんたと娘さんは、性格類型がまったく異なっているというだけのことなんだ。彼女は自発的で、創造的で、感情のおもむくままに行動する。あんたは論理的で、自制的だ。それと、推察するに、あんたは完全主義者でもある。なんでも最高でないと、よしとはしない。あんたと娘さんがぶつかりあうのは当然のなりゆきなんだ」

ベインズは考えこむように顎をさすった。

「では、わたしはどうすればいいんでしょう？　娘にどう接すべきかを教えてくれる、自助教本みたいなものはあるんでしょうか？」

マーフィーはほほえんだ。

「助けになることが――どんな問題に関しても――保証できる本が一冊だけある。聖書という本だよ」

「聖書に、親のありかたを記した部分があると？」

「もちろん。『コロサイ人への手紙』の三章に、こう記されている。〝父親たち、子どもをいらだたせてはならない。いらだたせると、子どもはいじけ、試みることをやめてしまうだろう〟。あんたの見るところ、ティファニィは試みることをやめてしまった？」

「ええ、たぶん」

「あんたの父親も完全主義者だった？　始終、口うるさく、あんたのことを批判していたとか？」

「じつのところ、そうでした」ベインズは認めた。

「なるほど。あんたは父親の完全主義に対し、自分も完全主義者になって、父親の土俵で父親を打ち負かすことによって、対処することができたんだろうと思う。ティファニィの場合――彼女は異なった性格をしているから――ことはそう容易じゃない。彼女がいじけているのは、あんたの課す基準が高すぎるからかもしれない。あんたが最後に娘さんをほめたのは、たとえば、おまえはよくやってると言ってあげたり、おまえの絵は好きだよとかと言ってあげたりしたのは、いつのことかな？」

ベインズは意気消沈したように見えた。

「憶えていません。ここしばらくは、なかったかな」マーフィーのほうへ顔を向けてくる。「考えなくてはいけないことをいろいろと教えていただきました、マーフィー教授」

「頼むから、マイクルと呼んでくれ。それと、なにか話をしたいことができたら、いつでも、遠慮なく電話を入れてくれたらいい。じつは、わたしの助手をしてくれてるシャリ・ネルソンは、ティーンエイジャーのかかえる問題を扱うのが得意でね。彼女自身、問題をかかえた経験があるし、歳の割りには分別もある。ボブ師は、このつぎ、あんたの奥さんとティファニィが教会に来たときに、彼女を引きあわせたらどうだろうと提案していたんだが」

「それはよさそうですね」ベインズはうなずいた。

「まあ、とりあえず、聖書を手にとって、そのなかにあんたの人生に関係するような記述がほかにないかどうか、あたってみたら？　聖書《グッドブック》を読みはじめるのに遅すぎるということはない。まずは、『コロサイ人への手紙』を読んでみることだ」

ベインズは元気をとりもどして、マーフィーの手を握りしめ、

「そうしましょう」と応じた。「ありがとう。そうだ、あなたの貴重な時間をこれ以

上、割いてもらうわけにはいかない。教室で授業をしたり、人工遺物を発掘したりと、多忙な毎日であるにちがいないですからね」

「それはたしかだが」マーフィーは言った。「手助けできることがあれば、いつでもそうさせてもらうよ。こちらの電話番号は知ってるね」

マーフィーは自分も元気が出てくるのを感じながら、駐車場へと歩いていくベインズの後ろ姿を見守った。他人の問題に心を傾注することほど、みずからの問題をしっかりと見きわめられるものはないように思えた。

そのとき、背後の木立のなかで、カメラのシャッターを切る小さな音がしたが、彼の耳にはとどいていなかった。野獣じみた暗い双眼が自分を監視していようとは、彼には思いもよらないことだった。

7

まだ九時十分前というのに、記念講堂の講義室はすでに満員になりかけていた。月曜日の朝の授業としては、これはなかなか珍しい現象ではあった。プレストン大学の学生たちは、週末はおおいに遊び、月曜日は朝寝坊をするという傾向がある。そんなわけで、週の最初の授業は、教職員のあいだでは〝墓地番〟と呼ばれているほどだ。もし教師が、こちらの貴重なことばに熱心に耳をかたむけてくれる学生がひとりでもいてくれたらなどと考えたら、がっかりさせられるのがおち。救いがあるとすれば、こちらがちょっぴり疲れていても、学生たちに気づかれはしないから安心ということぐらいだろうか。

だが、この授業はマイクル・マーフィーが担当教授であり、彼が授業予定にあるとおりの題材、つまり、古代遺跡の地図作成法という題目をこの講義で語ることはないだろうというわさが、週末のあいだにひろまっていた。

彼はノアの箱舟のことを語るだろうと。

講義室の席が埋まってくると、なかにはジョークを飛ばしあって笑い興じる学生たちもいるにはいたが、ほとんどの学生は、マーフィーが講義でとりあげると言われている内容を熱心に論じあうようになった。

ノアの箱舟は、聖書の物語であるにすぎないのか？　それは実在したのか？　ひとつ、たしかなことがある。マーフィー教授がなにを語ったにしても、それは箱舟に関する自分たちの考えかたを変えるものになるだろう。

シャリ・ネルソンは早目に出てきて、ボスのためにパワーポイント用プロジェクターの用意をしていた。だが、マーフィーがなにを語るのかを早く聞きたくて、うずうずしているのは、彼女もほかの学生たちと同じだった。

ポール・ワラックは、いつものようにプレスのきいたスラックスにスポーツシャツという姿で、最前列の席にすわっていた。散髪屋に行ってきた直後のように、黒っぽい髪をきちんと撫でつけ、ぴかぴかに磨いたローファーを履いている。プレストン地域教会で起こった爆発で脚に重傷を負ったために、左の脛にはまだ歩行用のギプスがはめられていた。シャリがプロジェクターの用意をすませて、教壇を離れ、彼の隣の席にやってくる。

いつもは髪を後ろでまとめているが、いまはそうしていなかった。束ねずに垂らした長い漆黒の髪に、喉もとにぶらさがっている銀の十字架が映えていた。話しかけると、彼女の緑色の目がきらきら輝いて、彼女がポールのことを深く気にかけているのが容易に読みとれた。その彼女のようすは、全存在をかけて、ふたりのあいだにできてしまった溝に橋をかけようとしているように見えた。

そして、きっかり九時になったところで、マーフィーがつかつかと講義室に入ってくると、学生たちのおしゃべりはほぼ即座に静まった。彼には、大声を出したり静粛を求めたりしなくても、ひとの注意を引きつけてしまうほどの存在感があるのだった。マーフィーが講義室の中央に置かれたデスクのほうへ歩いていき、講義用の資料をその上に置く。そして、静まりかえった学生たちを見渡して、出席している顔ぶれをすばやくチェックすると、すぐさま講義にとりかかった。

「ノアの箱舟。それは実在したのか、それとも寓話なのか？」

それから十分間、マーフィーは、記憶を頼りに聖書の『創世記』を引用しながら、洪水の話や、ノアが箱舟をつくった話を語り、締めくくりとして、虹の話をとりあげた。

「空にかかった虹は、神がノアに対し、神はふたたび洪水によって世界を滅ぼすことはないと約束したしるしだった」

そこで、マーフィーはパワーポイント用プロジェクターのスウィッチを入れた。

「いまから映す何枚かのスライドを見てもらえば、この一千年のあいだに、多数の歴史学者や研究者が、箱舟は実在した構造物であると述べているだけでなく、ノアについて言及していることも、わかるだろう。これらはすべて、聖書を出典とするものではなく、学術的な文書であることを心にとめおくように。つまり、聖書がなくても、歴史的記録物のなかに、五千年あまり前にこの惑星に世界規模の洪水が実際に起こったことを推断させる証拠が数多くあるというわけだ」

紀元前五世紀――サマリア語によるモーゼ五書
　箱舟の到着地に関する記述

紀元前五世紀――アラム語訳による旧約聖書の一部
　箱舟の到着地に関する記述

紀元前二七五年――バビロニアの神官、ベロッソス
　あるカルデア人司祭：「なかんずく、このように言われている。その舟の一部はいまなおアルメニアに残存し……そして、そのひとびとはアスファルト《ビチューメン》のかけらを携行し、護符として用いている」

紀元前三〇年――ダマスカスのニコラス
「建材の残骸は長らく保存されていた」
紀元七五年――ユダヤの歴史家・軍人、ヨセフス
「今日まで残されてきたものが、それらを見たいとの好奇心をいだくひとびとに対して展示されている」
紀元一八〇年――アンティオキアのテオフィロス
「そして、箱舟については、その残骸が今日に至るまでアラビアの山において見受けられる」
紀元三世紀――神学者、エウセビウス
「箱舟の小部分が、いまなおゴルディオス山脈のなかに残っている」
紀元四世紀――東方教会大司教、エピファニオス
「その残骸はいまも展示されており、仔細に見るならば、いまなおノアの祭壇をそこに見てとることができよう」

紀元六世紀——セビーリャのイシドルス
「そして、今日においても、その木材の残骸が見られる」
紀元十世紀——アラブの歴史家・旅行家、アル・マスウーディ
「その場所は、いまも見ることができる」
紀元十世紀——アラブの旅行家、イブン・ハウカル
「ノアはその山のふもとに村を建設した」
紀元十二世紀——ユダヤのラビ・旅行家、トゥデラのベンヤミン
「オマール・ベン・アク・カータブは箱舟の一部を山頂から移動させ、それを用いてモスクを建設した」

マーフィーはそれらの語をスクリーンに表示し、学生たちのために読んでやった。学生たちは、聖書の話のひとつだと考えていたものが、ほかのさまざまな資料にたしかな文書として記されていることを知って、仰天しているようだった。マーフィーは

プロジェクターのスウィッチを切った。

「ここまでで、なにか質問は?」

一本の手が挙がった。マーフィーのまん前にすわっている、ポール・ワラックの手だった。ポールは、そもそもは経営学の課程を学ぶためにプレストンに移ってきたのだが、シャリの影響もあって、熱心に考古学を学ぶ学生に変わっていた。

「いまのスライドを見ていて、気づいたんですが、マーフィー先生、いくつかの異なった山地が記されていますね。ゴルディオス山脈、アラビアの山、そしてアルメニアと。そのことは、それに関する情報はつくりあげられたもので、真相はだれにもわからないということを証明するのではないですか?」

ポールの質問には、かすかどころではない敵意と反感がこもっていて、シャリは、こんどは腹立たしげなまなざしでポールを見つめた。

マーフィーはといえば、おおぜいの面前で反抗的な態度をとられたにもかかわらず、いつもと同様、にっこりとほほえんでいた。一本のピンが落ちた音でも聞こえるほどに静まりかえった講義室で、学生たちが彼の答えを待ち受ける。

「いい質問だ、ポール。そのことにみんなの関心を向けてくれて、ありがとう。現在のアルメニアは、アララト山からわずか数マイルの距離に位置している。トルコはアジア大陸に属していて、その一帯はしばしばアラビア地域として言及される。ゴルデイオス山脈と呼ばれていることに関して言えば、いまとりあげた著者たちは、それぞれが異なった地域から、異なった時代にやってきて、記録を残したひとびとだということを忘れないように。地名は時代によって変化するものだ。トルコのイスタンブールは、かつてはコンスタンティノープルと呼ばれていた。アララト山もまた、悲しみの山を意味する、アール・ダーという名で知られている。研究者の大半は、これらの著者はみな、同じ地域に関して言及していて、それぞれの時代に知られていた地名でそれを呼んでいたものと考えているんだ」

マーフィーを困らせるためだけにした質問が功を奏さなかったからだろうか、ポールはちょっとがっかりしたように見えた。

後ろのほうで、別の学生が手を挙げた。このクラスの道化役、クレイトン・アンダーソンだった。

「マーフィー先生？　すべての動物が箱舟に入っていくときに、ノアは息子たちになんと言ったんでしょう？」

この子は茶化しにかかってるな、とマーフィーは思った。

「降参だ、クレイトン。なにを言ったのかね？」

「全員集合」

何人かが笑ったが、ほとんどの学生はつまらないとつぶやいただけだった。また、何人かが手を挙げる。

「テリー！」ひょろりとした長身の学生を指さして、マーフィーは言った。

「マーフィー先生？　息子たちが釣りに行きたいと言ったとき、ノアはなんと言ったでしょう？」

「なんと言ったのかね、テリー？」

「餌を節約しろよ、息子たち――なにしろ、ミミズは二匹しかいないんだからな！」

マーフィーは、ちょっとしたおふざけは大目に見るつもりだった。もっとも、授業が混乱に陥るのを放置する気はないが。

「あとひとつ、質問を受けよう。パム、きみのが最後だ」

「ノアの妻は、ジャンヌダルク（Jeanne d'Arc。英語ではJoan of Ark、つまり箱舟のジョーンとなる）と呼ばれていたんでしょうか？」

マーフィーは両手を掲げて、全員に静粛を求めた。

「ひとことで言うと、パム、答えはノーだ。ただ、ノアの妻は実際にどんな人物だったかに関心があるということなら、それには答えてあげられるだろう。『創世記』の四章に、カインとアベルの話が出てくる。カインには、エノクという名の息子がいた。ユダヤの研究者のなかには、カインは度量衡やある種の計測器の発明者だと考えるひともいる。彼らがそう考える理由は、彼は大きな街を建設し、息子の名にちなんで、そこをエノクと命名したからでね。エノクにはおおぜいの子孫がおり、そのひとりはレメクといった」

マーフィーは、学生たちがぼうっとした顔つきになっているのを見て、早々に話を終わらせる必要があると思った。

「オーケイ、もう少し我慢してくれ。レメクには三人の息子がいた。天幕に住み、家畜を飼う者の祖として知られる、ヤバル。音楽家の祖とされる、ユバル。刃物を鍛える者の祖とされる、トバルカイン。トバルカインの女きょうだいに、美しいという意味を持つ、ナアマという名の娘がいた。古代ユダヤ人の多くは、そのナアマがノアの妻になったと考えていた」

このあたりで、もう一度パワーポイントをつかうのがよさそうだと思えた。マーフィーはふた呼吸ほど間を置いてから、プロジェクターのスウィッチを入れた。

「さっき見せたもののなかには、ノアとその箱舟に関する歴史的文書は含まれていなかった。これから見せるのは、箱舟とその場所について述べている著者を列挙したスライドだ」


ノアとその箱舟に関する記述のある歴史家と著作

紀元前三〇年——ヒエロニムス
紀元七世紀——コーラン
紀元九世紀——エウテュケス
紀元一二五四年——ルブルックのウィリアム
紀元十二世紀——ポルデノーネのオデリコ
紀元十三世紀——ボーヴェのヴァンサン
紀元十三世紀——イブン・アル・ミド
紀元十三世紀——ヨルダヌス
紀元一三四〇年——ペゴロッティ
紀元十四世紀——マルコ・ポーロ
紀元一四一二年——ゴンサーレス・デ・クラビホ
紀元一五二〇年——ジョン・ヘイウッド
紀元一六四七年——アダム・オレアリウス
紀元一六九四年——ヤンス・ヤンスゾーン・ストルイス

講義室の後方で、手が挙がった。
「マーフィー先生、箱舟の破片が見つかったという話をだれかに聞いたんですが、それはほんとうでしょうか？」

マーフィーはひとつ深呼吸をした。一瞬、あの水の洞穴での冒険と、そこでの驚くべき発見のことを、シャリがだれかに話したのかと思ったのだ。しかし、よく考えてみれば、彼女は口のかたい子だ。たとえ拷問を受けても、恩師の秘密は守ろうとするほどの。

「まあ、きわめて興味深い発見がいくつかあったことは、たしかだね。アララト山の標高は、約一万七千フィート。箱舟の残骸のほとんどは、標高一万四千から一万六千フィートのあいだで発見されている。一八七六年、イギリスのヴィスカウント・ジェイムズ・ブライスが、箱舟を捜索するためにアララト山に登った。箱舟は見つからなかったが、標高一万三千フィートのあたりのところで木材を発見している。彼の記述を引用しておこうか」

マーフィーはデスクの上をひっかきまわして、一枚の紙片を見つけだした。

「ブライスは、このように述べている」

ひとつの尾根を伝って着実に登っていくと、標高一万三千フィートをこえたあたりで、崩れた岩石の上に、長さ四フィート、厚さ五インチほどの木片があるのが見えた。なんらかの工具によって切られたものであることは明らかであり、そこは高木限界をこえた地点であることを考えるならば、自生した木の破片である可能性はありえないと思われ……。

「問題は、こうだ。その木片は、その山のより高所にある箱舟から転げおちてきたものである可能性はあるのか？　これと同じ方向性の報告をたどってみると、ロシア帝国地理協会の会員であったE・デ・マルコフという男が、標高一万四千フィート近辺で、やはり木片を発見している。そしてまた、一九三六年には、ハードウィック・ナイトというニュージーランドの考古学者が、水を吸った矩形の木材が何個か、積雪のなかから突きだしているのを発見した。これらの木片は、九インチないし一フィートの長さがあった。色は黒に近く、きわめてやわらかかった。彼は、これらの木片は長期間、水中に浸されていたにちがいないと結論した」

マーフィーはデスクに目を戻し、その上から別の紙片をつかみあげた。

「おそらく、これが、高木限界より上方で発見された木片のなかで、もっとも有名なものだろう。発見者は、フェルナン・ナヴァラ。一九五二年、彼は捜索隊を率いて、箱舟を探し求めていた。そして、アホーラ峡谷近辺のひらけた氷原を歩いていたとき、突然、あるものが彼らの目に入ったんだ」

われわれの前方にはつねに、透きとおった深い氷だけがあった。またしばらく進んでいくと、突然、あたかも日食が生じたかのように、その氷の色が奇妙に暗い色に変じた。が、太陽はあいかわらずそこにあり、われわれの頭上では、あいかわらず鷲が舞っていた。周囲は白一色で、それがはるか遠方までつづいていたが、驚くべきことに、われわれの目の下、そこの氷の内部には、きわめて明瞭な輪郭を見せる、黒い破片があったのだ。

目を奪われ、興味を引かれたわれわれは、ただちにその形状の調査に着手し、一フィート刻みで大きさを測っていった。漸進的に湾曲するふたつの線が見てとれ、それらの線は明らかに三百キュービット（約百五十メートル）の距離までのびており、そこで氷河の中心部に入りこんでいた。形状は、まちがいなく、船体であった。先端部は、その両側に、大型船の舷縁のように湾曲した木片が張られていた。中央部はどうかといえば、そこは、なにか黒いかたまりのなかへ没してしまっていた。それの細部を見分けることはできなかった。

「ナヴァラは、その後、二度にわたり、氷の下にあるものを発見しようと試みた。一度目は一九五三年で、二度目は一九五五年だった。その最後の遠征において、彼らは木片を発見している。彼自身の記述は、このようなものだ」

クレヴァスの縁に達すると、わたしはロープをつかって機材を下におろした。それから、ラダーを装着し、長くはかからないからとラファエルを安心させてから、自分も下へおりていった。

氷の床をピッケルで打ってみると、なにか硬いものがあることが感じとれた。縦横一フィートと一フィート半ほどの穴を、八インチほどの深さまで掘ったところで、丸屋根のような空洞が出現し、わたしは氷のかけらを可能なかぎり、とりのぞいていった。

すると、そこの水中に、黒い色をした木片があるのが見えた！

喉がこわばっていた。泣きだしたいような、その場にひざまずいて、神に感謝をささげたいような気分だった。悲惨をきわめる失望ののちに、このような至高のよろこびが味わえるとは！　わたしは歓喜の涙をぬぐって、ラファエルに呼びかけた。

「材木を発見したぞ！」

「急いで、戻ってください――ここは寒くて」と彼は答えた。

わたしはその梁のような材木をまるごと、とりだそうとしたが、それはできなかった。とても長いにちがいなかったし、おそらく、いまもなお船殻のどこかの部分につながっているようだった。わたしには、その木材から五フィートほどの部分を切りとることぐらいしかできない。ひとの手で加工されたものであることは明らかだった。水中から引きだしてみると、その木片は驚くほど重いことがわかった。長く水中にあったあととあって、ずっしりと重く、それを構成する繊維は思ったほど膨張してはいなかった。

「ナヴァラは、炭素年代測定法を用いてその木片を検査し、そのほかにも、石炭化の進行度、木質の密度、年輪の様相、化石化の程度などについて検査した。それらの検査の結果は、その木片は約五千年前のものであることを示唆していた」

そのとき、ベルが鳴って、全員がびくっとした。マーフィーは時のたつのを忘れて、講義に集中していたのだった。

「傾聴してくれてありがとう、みんな。最後まで話せなかったのは残念だが、つぎの授業で、実際にノアの箱舟の内部に入ったと主張している探険家たちの話を考察することができるだろう」

講義室を出ていく学生たちを見守りながら、マーフィーは、自分の体験を語れるようになるのはいつのことだろうと考えていた。

8

プレストン大学のキャンパスは、うららかな春の日ざしに包まれていた。静かな場所を探していたマーフィーは、小さな池のそばの芝生の上にテーブルがひとつ置かれているのを見つけた。食堂の近くは、学生たちでこみあっていて騒々しく、できるだけそこを離れようとして、ここまでやってきたのだった。ストロベリーレモネードをちびちびやりながら、彼は、ラボのキャビネットに鍵をかけて収納してある、ちょうど片手にのる程度の大きさの木切れのことを考えはじめた。

マーフィーは考古学者であり、生物学者としての教育は受けていない。だが、箱舟に関する講義をしていると、神が創造した生きものの多様性に――ノアがそのすべてを洪水から救いだしたのだ――思いを向けざるをえなくなっていた。緑豊かなキャンパスを見渡してみると、花水木の木々が白い四枚の花弁を持つ花を咲かせているのが見えた。その木々のあいだに、楓と、黄色い花をつけた百合樹があった。そしてまた、深いしわの刻まれた赤茶色の樹皮を持つ、テーダ松があるのも見てとれた。

やがて、彼の注意は、池の周囲に並んでいるアザレアに向けられていった。トランペットのようなかたちをした花ばなのかぐわしい香りが、あたりの空気に満ちていた。蜜蜂たちが花のなかに飛びこんでいき、その美酒をくみとっては、外に出てくる。そのとき、彼はハエジゴクがあることに気がついた。池のほとりの、直射日光が当たる泥のところに、それが生えている。鋭い繊毛の生えた袋が開いて、その敏感な繊毛は、餌食がやってきて、それに触れるのを待ち受けていた。小さな虫が一匹、その外側に降り立って、まんなかのほうへ移動していく。マーフィーが見守るなか、虫はじりじりと鋭敏な繊毛のほうへ近づいていった。そして、それが起こった。ハエジゴクの袋が瞬時に閉じて、餌を呑みこんでいた。

マーフィーは考えこむように顎をさすった。だれかが自分になにかを告げようとしているのだろうか？　美しいものは命とりにもなりうるのだということを？

答えを見つけだせずにいるうちに、彼の孤立に終止符が打たれてしまった。

「マーフィー先生！　ちょっと質問をしてもいいでしょうか？」

ふりかえると、考古学講座の学生が何人かいた。

「いいとも」と彼は応じ、彼らをそこにすわらせた。

こういうのは、腰を据えて考えごとをしたいときには、いらいらさせられることがままあるが、自分の学生たちが、質問がしたくてたまらなくなるほど授業の内容に興味を持って、こちらをつかまえにきたとなれば、不平を言うわけにもいかなかった。これぞ、教師冥利に尽きるというものではないか。

「ずっと、ノアの箱舟のことを話しあってたんです」長いもじゃもじゃ髪の、痩せた学生が切りだした。「聖書に記されているとおりのことがほんとうに起こったんだろうかとか、ノアはすべての動物をどうやって箱舟に乗せることができたんだろうかとか。どうなんでしょう?」

「いい質問だ」

ブリーフケースに手をのばしながら、マーフィーは言った。ブリーフケースを開いて、フォルダーをひとつ、とりだす。フォルダーをぱらぱらやって、一枚の紙片を抜きだした。

「ここに、エルンスト・マイアのつくったリストがある。耳慣れない名だろうが、彼はアメリカでも屈指の分類学者でね。動物の種の数をこういう一覧表にまとめたんだ。ちょっと見てみたまえ」

マーフィーは、その紙片を学生たちに手渡した。そこには、このように記されていた。

動物の種の総計

哺乳類	3700種
鳥類	8600種
爬虫類	6300種
両生類	2500種
魚類	20600種
被嚢類等	1325種
棘皮動物	6000種
節足動物	838000種
軟体動物	107250種
蠕虫	39450種
腔腸動物	5380種
海綿動物	4800種
原生動物	28400種
総計	1072305種

「百万をこえる種が！　それほどの数の種を乗せられるほど大きな舟なんて、だれに

も造れないんじゃないの？　しかも、それぞれの種を一対ずつなんて？」学生のひとりが言った。

「膨大な数に思えるだろう」その点については、マーフィーも同意した。「しかし、言うまでもないことだが、洪水を生きのびさせるために箱舟に乗せなくてはならない種の数は、そう多くはない。魚類、被嚢類、棘皮動物、軟体動物、腔腸動物、海綿動物、原生動物、そして節足動物と蠕虫の多くは、海のなかにいたほうが好都合だったはずだからね。それに、箱舟のなかで生かしてやらなくてはならなかった動物には、鼠や猫、鳥や羊など、小型のものが多かった。つい、象やキリンや河馬といった大型の動物に目がいってしまうだろうが、そういうのは例外的な種でね。ほとんどの動物は小型だし、野外研究の専門家の多くは、箱舟に乗せられた動物の数は五万をこえることはなかっただろうと考えているんだ」

「それでもまだ、すごい数になりますよ！」別の学生が言った。

「たしかに。しかし、箱舟の内部は、意外に広かったんだ。想像しやすいように説明してあげよう。鉄道の平均的な家畜車の容積は、二千六百七十立方フィート。箱舟は、全長が四百五十フィート、高さが四十五フィート、幅が七十五フィートと推定されているから、容積は百五十一万八千七百五十立方フィートということになる。それを家畜車の容積、二千六百七十立方フィートで割ってみよう。すると、箱舟のなかには、五百六十九両の平均的家畜車が収容できるということになる」

「すっごく長い貨物車になっちゃう!」学生のひとりが、笑いながら言った。

「同じ線で説明をつづけよう。家畜車を二層式にすれば、羊サイズの動物なら、二百四十頭の個体を収容できる。そして、その二百四十に家畜車の数、五百六十九をかければ、十三万六千五百六十頭の動物が箱舟に収容できるということになる。箱舟に乗せられたと推定される動物の種の数の二倍、十万をそこから差し引いても、まだ、羊サイズの動物なら、三万六千五百六十頭を収容できる余地がある。箱舟の容積のうちの、動物のために供さねばならない部分は、七十三パーセントですんだということだね。あとの部分は、食料の貯蔵や、ノアとその家族の生活のためにふりむけなくてはならなかっただろう」

「聖書考古学という学問がそんなに数学を必要とするものだとは、思いもよらなかったです」痩せた学生が、首をふりふり言った。それでも、まだ負けたとは思っていないようだった。「箱舟にはあらゆる種を乗せられるほどの広さがあったってことは、よくわかりましたが、その膨大な数の動物に飲ませるための水はどこで手に入れたんでしょう? 箱舟は海に流されて、そこには塩水しかなかったんじゃないですか?」

ほかの学生たちが、うんうんとうなずく。

「洪水をもたらした水のほとんどは雨水だったことを思いだしてくれ。もっとも高い山脈をもおおうほどの水となれば、海水は飲用できるまでに塩分が薄まっていただろう。それに、屋根に落ちてくる雨水を集めて、箱舟の貯水槽にたくわえるということもできたはずだしね」

学生たちは納得したようだが、それでもまだ質問は終わらなかった。

「マーフィー先生、ノアの箱舟を見たというひとがそんなにおおぜいいるのなら、もっとたくさんの人工遺物が発見されていてもよさそうなものなのに、そうじゃないのはなぜなんでしょう?」

マーフィーは笑みを返した。学生たちがこんなふうに、こちらの信念や信仰に挑みかかってくるのは好ましいことだ。こういう挑戦を受けると、おのれが信じるものはなんであるかをしっかりと確認しなくてはいけないし、それによって、どんな反論に対しても信じるものを守りとおせるようになるからだ。

「それはなんとも言いがたいね。ひとつの可能性として、聖ヤコブ修道院との関連が考えられるが」

「それはどういうものですか?」女子学生のひとりが問いかけた。

「聖ヤコブ修道院というのは、アララト山に建てられた修道院でね。四世紀に、ニシビスの聖ヤコブによって創建されたと言われている。聖ヤコブの修道士たちは、箱舟の聖遺物を守る責任を負っているんだ。一八二九年に、ドイツの自然科学者、J・

J・フリードリッヒ・パロット博士が、その修道院を訪れている。そのときに、箱舟の木材からつくられた古代の人工遺物を見せられたらしい」

「どんな遺物だったんです？　いま、それはどこにあるんでしょう？」男子学生のひとりが問いかけてきた。

「それがわかればいいんだがね」とマーフィー。「一八四〇年に、アララト山のそばで大地震が起こって、大規模な地滑りが生じた。アホーラ峡谷の下にあったアホーラ村の住民、二千人が命を落とし、村そのものが全滅して、聖ヤコブ修道院も土砂の下に埋まってしまった。聖遺物もまた、すべてが土砂の下に埋まってしまったんだ。箱舟を見たというエド・デイヴィスの話がたしかなものであれば、人工遺物のいくつかはいまもアララトの洞穴のなかに隠されているだろう。そして、いまも、信仰の篤いひとびとによって守られているだろうね」

　モリスという体格のいい学生が口を開いて、議論の方向を変える。

「マーフィー先生、イエスは、ノアの時代のことや、ロトの時代のソドムのことを語っていると、おっしゃっていましたね？」

　より信仰の核心に触れることがらを話せるようになったので、マーフィーはほっとした。

「イエスは、社会がいかに堕落していたかを語ったんだ。『創世記』に、このように記されている。〝主は、地上に人の悪が増し、つねにわるいことばかりを心に思いはかっているのをご覧になった〟。神は、人間の悪を洪水によって裁こうとなさったんだ。イエスは、〝ノアの時代〟について語られたとき、神がふたたび裁きのために現れるのは、世界が神のものごとを気にかけないひとびとに満ちたときであるという事実を引きあいに出されている。ひとびとが、ちょうどノアの時代やロトの時代と同じようになったときというわけだ」

いまの話を聞いて、学生たちの何人かがぎょっとしたように見えた。マーフィーは笑みを向けた。

「ひとつ、こちらから質問をさせてくれ、モリス。現代の社会はなんらかの絶対的な道徳を信じていると思うかね?」

モリスは、慎重に答えを考えていた。ひっかけ質問のようなものにのせられたくないと思ったのだろう。

「ぼくの友だちのほとんどは、それに、知りあいのひとびとのほとんどは、道徳の絶対性というようなものはないと言うでしょうね。そして、われわれは寛容を身につけて、他者の見解を受けいれるようにすべきだと言うでしょう」

マーフィーはうなずいた。

「寛容という語の古典的定義は、差異はあっても他のひとびとと平和的に暮らしていくというものだ。しかし、現在では、寛容の意味合いはねじ曲げられ、真理は相対的なものであるから、ひとはだれも他人の見解を無条件に受けいれねばならないというものになってしまっている。あるひとにとっての真理は別のひとにとって真理ではないからと。そうだね？」

「そうです」ちょっとおぼつかない態度で、モリスは答えた。

「まさにそれが、ノアの時代やロトの時代に起こっていた現象なんだ。だれもが、それぞれの視点で正しいと思うことをやっていた。現代も、それは同じだ。いまの社会は、あらゆる見解に対して、そしてあらゆるひとに対して、寛容であれと説くが――ひとつ、大きな例外がある。強い宗教的信念を持つひとびとに対しては、そうではない。そこのところで、二重基準《ダブルスタンダード》の寛容は命運が尽きる。とんでもないことだが、信仰を持つひとびとは、ほかでもない、絶対的真理と絶対的道徳観の存在を信じているからという理由によって迫害を受けるんだ。イエスが語ったのは、まさにそういうことでね」彼はいったんことばを切り、学生たちをひとりひとり順に見てから、話をつづけた。「そのことは、わたしにこんな思いをいだかせる。わたしたちはいま、来たるべき、つぎの裁きの前の時代を生きているのだろうか。これは、考慮に値することなんじゃないだろうかね？」

マーフィーは、ちょっぴり強く出すぎたような気がしてはいたが、もとより彼は信念と信仰の男であり、そのことをだれにも隠すつもりはなかった。それに、さらに重要なのは、つぎの裁きのことをひとびとに真剣に考えさせるようにすることではないだろうか？　だれもが安全に箱舟に乗れるかもしれないのに、だれかが置き去りにされるというのはいやなことだし、自分がそのためにできることがあるのなら、なんでもするつもりなのだ。

マーフィーは腕時計に目をやった。

「さてと、みんな、きみたちと話ができて楽しかったよ。わたしはそろそろ、つぎの講義に行かなくてはいけない。いまの話を頭に入れて、よく考えてくれ。重要なことなんだからね！」

なにも言わない学生たちをあとに残して、彼は歩み去った。

9

「わたしはカフェモカをお願い」

プレストン大学のキャンパスの隣にあるスターバックスの店は、シャリのお気に入りの場所のひとつだった。そこはいつも、大学の教授や学生たち、そして、近くにあるヒルズボロ・ハイスクールの生徒たちでこみあっているが、それでもシャリは、ここにいると、なんとなく、すべてのことから身を遠ざけられるような気がしていた。

パラソルで日ざしがさえぎられたテーブルのひとつを選び、野球帽をまぶかにかぶって、そこにすわっていると、自分には面倒な問題はなにもなくて、のんびりとひとびとをながめているだけでいいんだという気持ちになってくる。この午後にしようと計画していることがあっても、他人に注意を向けていられるようになるというか。

「ちょっとすみません。シャリ・ネルソンさん？」

シャリがふりむくと、ティファニィ・ベインズの顔が目に入った。肩まで垂れた金髪ときらきら光る茶色の目をしていて、素行のわるい生徒などではなく、チアリーダーのように見えた。着ている白いスウェットシャツには、胸のところに真紅のエンブレムが付いていて、その下に、ノースカロライナ州民の俗称であり、ノースカロライナ大バスケットボールティームのニックネームでもある、Tar Heels《タールヒールズ》の文字があった。この女の子が走っている車からビールの缶を投げたとは、とても信じがたい話だった。「ティファニィね」シャリは立ちあがって、彼女と握手をした。「さ、すわって。なにか買ってきてあげましょう。なにが好きなの？」

「ありがとう。ラッテがいいわ」

ティファニィのようすは、シャリが予想していたのとは大ちがいだったが、いざドリンクを買って、ひきかえしてみると、どう切りだせばいいものか、よくわからなかった。

「今年も、タールヒールズの試合を観戦してるの？」

「ええ、全部の試合を――でも、ひとつ、わからないことがあって」

「言ってみて」

「わたしはローリーで生まれ育って、試合はいつも観てるし、タールヒールズって書いてあるシャツも着てるんだけど、タールヒールズの意味がわからないの。うそみたいな話でしょ？」

シャリは、この天然ぼけじみているが、かわいらしい見かけが演技なのかどうか、よくわからず、とりあえず笑みを返しておいた。

「由来は、南北戦争にまでさかのぼるわ。ノースカロライナが北軍の攻撃を受けたとき、南軍は、戦闘はノースカロライナ州民だけに任せて、さっさと撤退にとりかかった。残って戦うことになった南軍の一部の兵士たちは、〝つぎの戦闘のときは粘り強くやってくれ〟ということで、靴のかかと《ヒール》にタールを塗るようにと脅かされたというわけ」ティファニィはうなずき、シャリは逆に問いかけた。「ほんとに、そのことを知らなかったの？」

「ええ、誓って」にっこり笑ってティファニィは答え、どうしてか、シャリはそのことばを信じた。

雰囲気がほぐれたところで、シャリは腹を決めて、用件に入った。

「話は、プレストン地域教会のボブ師から聞いてるわ。しばらく前から、ママといっしょにあそこに通うようになってるでしょ。そんな髪の子はそうはいないから――こみあった教会のなかでも、目を引かれてしまうの」

ティファニィはため息をついた。

「目立つ子ってわけ？　正直、背景に溶けこんでしまいたいって思うことが、ときどきあるんだけど」急に真剣な顔つきになった。「ボブ師に、だれか、同じ年ごろの信徒のひとと話がしたいんじゃないかって言われたの。もしかすると、教会に来てるのは彼みたいなお年寄りばかりだと思ってるかもしれないからって。でも、それだけじゃないんでしょ？　わたし、見かけほど、おばかさんじゃないんだから」

シャリはうなずいた。

「ボブ師の話では、あなたはなにか家庭の問題をかかえているようだって。で、その問題を話してみる相手には、ええと、その、〝お年寄り〟じゃなくて、わたしがいいんじゃないかってことだったの。でも、あなたが話したくないってことだったら、それはそれでいいのよ」

ティファニィはラッテをたっぷりと飲んでから、紙コップをテーブルに置いた。

「ううん、話してもいいわ。あなたって聞き上手みたいだから」

「じゃ、聞かせてもらおうかしら」シャリはうなずいた。「判断はさしひかえて。でも、わたしの経験を話すことが役に立ちそうなら、それはよろこんでさせてもらうということで」

「いいわ」ティファニィはそう言ってから、父との確執のことや、わるい仲間たちと付きあったために巻きこまれたトラブルのあれこれを、シャリに語りはじめた。

やがて、彼女の話は終わったが、シャリは意見じみたことはなにも言わなかった。

「あのね、わたしも、もっと若かったころは、ひどく反抗的だったの」

「あなたが？」

「そうなの。父といやってほど、ぶつかりあって。ハイスクールの最終学年になったころには、とんでもなくひどいことになっちゃったわ。家出をしてやるって脅したことが、何度もあったくらい。麻薬やお酒にまで手を出すようになったし」

ティファニィがあっけにとられて、ぽかんと口を開く。

「それが、大学の一年生のときに、事情が変わって、よくなってきたの」

「どうして？」

「ええと、大学のクリスチャン・クラブに所属してる学生たちと知りあいになって。あなたはしあわせかって、きかれたわ。しあわせじゃないって、わたしは答えた。そしたら、きみもしあわせになれるよって、言われたの」

シャリは、その学生たちが自分に手をさしのべて、友だちになってくれたいきさつを、ティファニィに語った。

「ある日、あなたは神を信じてるかときかれたの。いまの世の中は、みんながわるいことをしていて、その罪と悪行のせいで、わたしたちは聖なる神から遠ざけられているんだと、彼らは言った。それから、神はあなたを愛しているとつづけて、元気づけてくれたの。神はあなたを愛しているからこそ、その息子、イエスを遣わして、わたしのために死なせたんだと。イエスはわたしに代わって罪を背負い、天国にわたしのための場所を用意するために、死からよみがえったんだと。そして、キリストを自分の人生に受けいれてはどうだろうときかれて、わたしはそうしたというわけ。そしたら、その日から、事情が変わりはじめたの」

「事情が変わりはじめたっていうのは、どういうこと？」

「ええと、最初に気づいたことのひとつは、父との関係で自分が傷ついてきたということ。でも、自分が父をよろこばせようとしたことは一度もなかったみたい。ほんとは、そうしたくてしかたがなかったんだけど、傷心が怒りに変じてたのね。そうこうするうち、ふさぎの虫にとりつかれるようになって、ひとが信じられなくなってきた。とりわけ、父が。父への尊敬の気持ちを失い、傷心は恨みつらみの念に変わってしまって。そのときから、反抗的な行動をとるようになったの。キリストを知るようになるまで、自分がどういう方向に向かっているのか、なにもわかっていなかったのよね」

「それで、あなたはどうしたの？」

「父に、わたしのとってきた態度を許してくれるようにと頼んだわ。あれはまちがっていたって。父もまちがったことをしていたにしても、わたしもそうだったんだって。だから、わたしのまちがった行動について謝罪したの。父は泣きだして、自分こそ許してほしいと言ってくれたの」シャリは、こみあげてきた涙をぬぐった。「あれは、なんとも言いようのない一日だったわ」

「じゃ、いまは、おとうさんとの仲はうまくいってるってこと？」

シャリは深呼吸をした。

「父も母も、何年か前に、交通事故で命を落としたの。でも、亡くなる前の一年半ほどのあいだは、すばらしい時間がすごせたわ。いま、ふりかえれば、それまでの貴重な時間をむだにしてしまったことが悔やまれてならない。人生はとても短いのに、わたしたちはみんな、ほんとうに心から愛しているひとを傷つけているような気がするわ」

シャリは無意識のうちに、首からぶらさげている銀の十字架を撫でさすっていた。それは、仲なおりをしたしるしにと、父から贈られた十字架だった。しばらくのあいだ、彼女は行きかうひとびとではなく、あらぬかたをぼんやりと見つめていた。また、涙が頬を伝いはじめたが、こんどは、それをぬぐおうとはしなかった。

ティファニィは黙りこくっていた。ややあって、シャリが話のできる状態に戻ったと思えるようになったところで、彼女は口を開いた。

「自分の経験を話してくれてありがとう、シャリ。考える材料をたっぷりいただいちゃった」

シャリはほほえんだ。

「コーヒーのおかわりでも？」

「ありがたいけど」腰をあげながら、ティファニィは言った。「いまからやらなきゃいけないことができちゃったみたい。どうしても、パパと話しあいをしに行く必要があると思ったの」

10

マーフィーは、授業に集まってきた学生たちをざっと見まわした。講義室は満員で、すべての目が自分に注がれていた。いろいろと論議の多い、この聖書考古学という講座に、百五十人近い学生が出席しているのだ。

シャリはお決まりの場所、最前列の席に腰をおろしていた。漆黒の髪は、いつものように後ろにまとめてポニーテールにしているが、ふだんの生きいきとしたようすはうかがいとれなかった。緑の目が悲しげに感じられた。隣の席が空いている。

マーフィーはシャリから目を離して、学生たちを見渡した。すると、ポールの姿が見えた。マーフィーから見て左手の側、七列目あたりの、ドアからそう遠くない、通路に面した席にすわっている。なぜ、シャリの隣にすわらなかったのか？　また、けんかをやらかしたのか？　いや、たんなる自分の思いすごしなのだろうか？　ポールは遅れてきて、彼女のすぐ隣の席が空いているのが見えなかっただけなのかもしれない。あとでシャリにきいてみようと——ただし、ローラならそうするように、それとなくだが――彼は心のなかでメモをとった。

「おはよう！　満席になっているとは、すばらしい。どうやら、先週の授業で、わたしがなにか興味深いことを言ったようだね。よし、前回のつづきから、とりかかるとしよう。この前の授業では、アララト山で木片を発見したというさまざまな男たちの話をしている最中に終業ベルが鳴ってしまった。そのときは、四人の男の名を挙げていって、その最後はフェルナン・ナヴァラだった。彼が発見した木片は、とても古いものだった。また、前回の授業では、ノアの箱舟のことを記した、古代から近年までの二十六人におよぶ著者についても紹介した。きょうは、実際に箱舟を見た、あるいは箱舟にのぼったと主張している何人かの人物について、見ていきたいと思う」

期待のざわめきがあがるなか、マーフィーは一枚目のパワーポイント・スライドをプロジェクターで映しだした。

ノアの箱舟を見たと主張するひとびと。

人物：ジョージ・ハゴピアンとそのおじ。

時：一九〇二年から一九〇四年のあいだ。

状況：機会は二度――一度目は、彼が十歳のとき、二度目は、彼が十二歳のとき。

「ジョージ・ハゴピアンの祖父は、トルコのヴァン湖の近辺にあるアルメニア正教会の聖職者だった。祖父はよく、そこの山中に聖なる舟があるという話をしており、ハゴピアンは、十歳になったある日、おじから、実際にその箱舟を見に行こうと誘われた――そこまでは、約八日の道のりだと。その冬のアララト山は珍しく穏やかな気候だったので、舟を見ることができると言われたんだ。彼自身のことばでは、このようになっている」

そこに着くと、箱舟の上部は、降ったばかりの雪でうっすらとおおわれていた。しかし、その雪をはらいのけてみたところ、舟の上部に緑色の苔が生えているのが見えた。苔をちょっとむしってみると……その下は木だった。その緑色の苔が生えているせいで、箱舟はやわらかくて、ぐにゃぐにゃしているように感じられた。

屋根の上には、ひとつ、大きな穴があって、小さな穴が前部から後部まで点々と連なっていたことを憶えている。小さな穴の数は、正確なところはわからないが、少なくとも五十の穴が、まんなかあたりの高さのところに短い間隔でずらっと並んでいたことはたしかだ。おじは、それらの穴は空気をとりいれるためのものだと言っていた。

へさきからともまでずっと、小さな穴が並んでいる、その盛りあがった狭い部分だけをのぞいて、屋根は平らだった。

マーフィーはひと息入れて、学生たちを見渡した。そろって、魔法にでもかかったような顔つきをしている。

「ハゴピアンが二度目に箱舟を訪れたのは、十二歳のときだった。そのときも、おじがいっしょだった。彼自身のことばでは、こうなっている」

二度目に箱舟を見たのは、一九〇四年のことだったと思う。わたしたちが聖なる花を探しに山の上に登って、箱舟のほうをふりかえってみると、それは以前と同じように見えた。なにも変わっていなかった。もっとも、それほどはっきりと見えたわけではない。箱舟は、さしわたしが三千フィートほどもある、青緑色の切り立った岩棚の上に鎮座していた。

箱舟の両側は上方へ向けて狭まっていて、前部は平らだった。明確な曲線をなしている部分は、どこにもなかった。それまでに見たことのあるどんな船ともちがっていた。どちらかというと、平底の荷船のように見えた。

「箱舟を見たと主張するつぎの人物は、六、七名のトルコ軍兵士たちだ。彼らは、箱舟の各部を接合するのにつかわれていた木片を発見したと主張している。いまから見せるのは、彼らの書いた手紙の一部だ」

ノアの箱舟を見たと主張するひとびと。

人物：六、七名のトルコ軍兵士たち。

時：一九一六年。バグダッドからの帰途において。

状況：彼らは在トルコ・アメリカ大使館に対し、箱舟を見たいというひとびとの案内役をつとめるとの内容の公式書状を出した。

第一次世界大戦からの帰途、わたしは五、六名の友人たちとともにアララト山のそばを通りかかりました。そのとき、山腹にノアの箱舟が横たわっているのを見ました。わたしが目測したところでは、舟の長さは歩幅にして百五十歩ほどでした。三層になっていました。あるアメリカのグループがその舟を探しているという記事を読みました。わたしは、自分がそのひとたちを舟に案内する意志があることを貴殿にお知らせし、舟に案内できるように貴殿が取り計らってくださることを要請します。

ノアの箱舟を見たと主張するひとびと。

人物：百五十名のロシア軍兵士たち。

時：一九一七年夏。

状況：ロシア皇帝《ツァーリ》は、箱舟を発見するために、陸軍工兵および技官からなる（百五十名の）探索部隊をアラトへ派遣した。

「つぎの目撃例は、いっそう興味深い。一九一七年の夏、ウラディミール・ロスコヴィツキーというパイロットが、アララト山の上空を飛んでいるときに、箱舟を見つけた。彼は上官にそのことを報告し、そのあと、ツァーリが探索部隊を送りだしたというわけでね。これから、シャリに、彼らの発見に関連する二枚のプリントを配ってもらう」

シャリが、二枚つづりのプリントを学生たちに配っていく。

ロシア軍による探査　P.1

ロシア軍の探査隊員たちは、箱舟を計測したと主張している。それは、全長は約五百フィート、幅は約八十三フィート、高さは約五十フィートと概算された。この測定値は、二十インチを一キュービットと換算した場合、『創世記』六章一五節に記されているノアの箱舟のサイズに該当する。調査パーティ（原文のまま）が最初に入りこむことができたのは舟の最後部であり、その部分は、「ひどく狭まっていて、天井が高かった」。そこから、「左右にそれぞれ、小さなものから大きなものまで、さまざまな種類の船室がつづいていた」。

そこにはまた、象や河馬などの「大型動物のための房」と思われる、「太い木の幹からなる巨大な塀で仕切られたような」きわめて広大な船室もあった。「床から天井まで全面が縦横に区切られて囲いが形成され、以前はそこにあった鉄棒の錆によってそれぞれの囲いに印が付けられた壁面のある」船室もあった。「これに類似する船室は、きわめて多種多様なものが存在し、その数は数百にのぼるものと思われた。総数を数えあげるのは、低層の船室はもとより、上層の船室ですら、すべてが硬い氷に埋めつくされていたため、不可能であった。舟の中心部には、一本の通路があった」。この通路の突きあたりは、崩壊した仕切り材によって押しつぶされていたとのことだ。

また、隊員たちの話によれば、「箱舟は、内側にも外側にも、蜜蠟やワニス」に似た「濃褐色のなにかが全面に塗られていた」という。箱舟の建造に用いられた木材の保存状態は、以下の点をのぞいては良好であった。（1）舟の前部に穴が開いていたこと。（2）舟の側面にある戸口部分に吸水性の高い木材が使用されていて、崩壊しやすいこと。

ロシア軍による探査　P.2

「湖周辺の調査をおこなった際……ひとつの山の頂上において、焼けた木の残骸と、

〝石を組みあわせてつくられている〟祭壇に似た構造物があった。その構造物の周囲で発見された木片は、箱舟の建材と同じ材質のものであった」。

目撃者のひとりはこのように述べたと言われている。

その巨大な舟が、ついに彼らの前にのしかかるように迫ってくると、畏敬の念のこもった沈黙が降り、「全員がことばもなく、帽子を脱いで、うやうやしく箱舟を見つめた」。そして、自分たちは実在した箱舟を前にしているということを、「全員が心と魂の奥底に感じ、理解した」。多くの者が、「十字を切って、祈りをつぶやいた」。教会のなかにいるような気配があり、あたかも「進水式」に立ち会っているかのようにカメラのシャッターを切って、その古い舟の写真を撮っている考古学者の手は、ぶるぶると震えていた。

われわれの案内人であるヤヴズ・コンカは、あるクルド人部族の長老が、一九一七年の夏にこのようなロシア人による発見があったことを記憶していると報告した。その当時、彼はまだ十八歳の若者であった。彼の記憶によれば、その夏、帰途にあるロシア軍兵士たちが村に入ってきたとき、帽子を宙にほうりあげて、ライフルを発砲したという。なにを祝っているのかと彼が問うと、アララト山でノアの箱舟を発見したのだと教えられた。

箱舟内外の描写および計測に関する詳細な記述は、「皇帝の命に従って」、写真、計画書、木片標本などとともに、特使により、ただちに陸軍総司令官執務室へ送付された。

ロシア軍による探査の顛末を読みあげたマーフィーは、時間をとって、学生たちがそのとほうもない物語の大筋を把握するのを待った。いったん大筋がつかめれば、あれこれと質問が飛んでくるにちがいなかった。

「マーフィー先生？」

マーフィーはその声があがった場所、講義室のまんなかあたりに目をやって、笑みを向けた。この考古学講座のもっとも熱心な学生のひとり、ドン・ウェストの手が挙がっていた。

「言ってみたまえ、ドン！」

「そのロシア軍によって撮られた写真や計測結果は、いったいどうなったんでしょう？」

「いい質問だ、ドン。答えはこうだ。それがどうなったかは、しかとはわからない。ロシア革命の時期に消失してしまったとも考えられる。しかし、わたしとしては、どこかの忘れられた書庫のなかで埃をかぶっているものと考えたいね。それと、彼らの発見を裏づけるような興味深い話が、ひとつあるんだ。この探査隊に所属していたある隊員の親戚が、ツァーリの宮殿で掃除婦として働いていた。彼女が、それらの写真や報告書を見たことがあると証言しているんだ。探査隊の医務官に見せてもらったとのことでね。彼女の話では、その写真に写っている箱舟は三層からなっていて、屋根の上には、下部に開口部のある膝ぐらいの高さの柵を備えた狭い通路があったそうだ」

マーフィーは、ふたたびプロジェクターのスウィッチを入れた。

「ノアの箱舟を見たとか、それどころか、その上にのぼったとかと主張するひとびとは、ほかにもおおぜいいるが、ここは、あと一例のみをとりあげて、論じてみたいと思う。その男の名は、エド・デイヴィスという」

考えをまとめるために、マーフィーがちょっと間をとったとき、講義室のドアが開いて、外光のなかに、レヴィ・アブラムスと判別のつくシルエットが浮かびあがった。彼がここにやってくるとは、いったいなにがあったのだろうと思いつつ、彼は講義を進めた。

ノアの箱舟を見たと主張するひとびと。

人物：エド・デイヴィス。

時：一九四三年夏。

状況：工兵として陸軍に奉職していた時期に、友人たちに連れられて、ノアの箱舟を見にアララト山に登った。

「エド・デイヴィスは、陸軍第三六三工兵軍団に所属していた。そして、イランのハマダンにある基地を根城に、トルコとロシアを結ぶ補給ルートの中継基地建設に従事していた。あるとき、彼のトラックの運転手、バディ・アバスが、アール・ダー、すなわちアララト山を指さして、〝あそこがおれの故郷なんだ〟と言った。

会話はやがてノアの箱舟のことに移り、アバスはデイヴィスに、それが見たければ自分が案内してやろうと言いだした。そして、アララト山のふもとまで車を走らせ、そこから徒歩で山を登っていった。その途中、彼らはある村を通りかかり、その村の名は、〝ノアが葡萄の木を植えた場所〟という意味を持つものだった。デイヴィスの話では、そこの葡萄の木はどれもとても古く、両腕でかかえきれないほどに太かったという。そのとき、アバスがデイヴィスにこう言った。〝おれたちのところには、箱舟に由来する人工遺物がぎっしり詰まった洞穴があるんだ。その人工遺物は、もとは箱舟の下のほうにある峡谷にちらばっていた。よそ者に穢されないようにと、おれたちが拾い集めて、隠したんだ〟」

その夜、彼らは自分にその人工遺物を見せてくれた。石油ランプ、陶器の鉢、古い様式の工具などなどの物品だった。縦横三十インチと四十インチほどの大きさの、木の枝でつくられた籠の扉のようなものも見えた。それは石のように硬くて、石化しているように見えた。手づくりのロックかラッチのようなものが付いていた。木の年輪も見てとれた。

われわれはそこに宿泊した。そして翌朝、曙光とともに起きだして、山岳用の衣類を着こんだ。彼らは馬を何頭か用意してくれた。わたしは、アバスの家族の七名の男たちとともに、馬に乗って出発した――それはおそろしく長い道のりであったように思う。

ようやく、われわれは、大アララト山の山腹にある洞穴に到着した。その洞穴は、アホーラ峡谷の西側の斜面に近い、標高八千フィートほどのところにあった。彼の話では、T・E・ロレンス（アラビアのロレンス）がこの洞穴に身をひそめたことがあるという。そこの闇のなかには、ぼうっとした光を放つ黴が生えていた。ロレンスはそれを顔に塗りつけて、自分は神であるとクルドのひとびとに信じこませ、彼が遂行していたトルコとの戦争に彼らを引きこんだのだという。

そのうち、ついに、馬で通れる道が尽きた。三日におよぶ道行ののち、われわれはようやく最後の洞穴にたどり着いた。その内部には、奇妙なものが書かれていた。岩の壁とか、洞穴の奥に近いところにある天然の岩の棚や露頭のようなところに書かれているそれは、美しく、そして古めかしく見えた。

翌日、われわれは徒歩で少しさきまで歩いた。しばらくしたところで、アバスが指さした。すると、それが見えた——巨大な方形の人工の構造物が、一部を氷と岩の堆積物でおおわれ、側面を山腹に乗せた状態で横たわっていた。少なくとも、その百フィートほどの部分は、明瞭に見てとれた。内部までもが見えた。内部の突きあたりのところは押しつぶされて、木材がぐしゃぐしゃにねじれたようになって突きだし、その下部から水が噴きだしているのがわかった。

アバスが下方の峡谷を指さしたので、そこに目をやると、それの別の部分が見てとれた。それを見ると、両方がかつてはどのようにひとつにつながっていたのかがわかった——両方の木材の裂けかたが、ぴったりと合っていたのだ。彼らの話では、箱舟は三つか四つの部分に大きく裂けたのだという。いちばん大きな部分の内部の突きあたりを見ると、少なくとも三層に仕切られているのがわかった。アバスの言うには、てっぺんに近いところが居住用の場所になっていて、四十八の部屋があるそうだ。また、内部にはわたしの手ほどの小さなものから、象の家族を収容できるほど大きなものまで、たくさんの檻があるという。

やがて、雨が降りだした。われわれは、やむなく洞穴にひきかえした。翌日はひどく雪が降ってきたので、箱舟のところへおりていくことはできなくなった。われわれは山をあとにすることを余儀なくされた。山をくだりきり、自分の基地にひきかえすのは、五日がかりの旅になった。

講義室の照明が生きかえると、何本もの手がいっせいに挙がった。イスラエル人、レヴィ・アブラムスが最後部の席の背後に立って、満面に笑みを浮かべているのが見える。ふたりは目を合わせて、傍目にはほとんどわからないほどのかすかな会釈を交わした。

「よし、カール！」マーフィーは右手のほうにいる学生を指さした。

「マーフィー先生、デイヴィスが記したバディ・アバスの話では、箱舟は壊れているとなっていましたね。ほかの目撃例では、箱舟は一体のままとなっていました。話のつじつまが合わないのではないですか？」

「そこは不確かなところでね、カール。可能性として考えられるのは、最初のころの目撃例は、箱舟がアホーラ峡谷上方の断崖にあったときのもので、それがのちに、氷河が移動したか、もしくは雪崩が生じたかして、箱舟が峡谷に転げおち、いくつかの部分に裂けてしまったというものだ。アラトは名にし負う、地震や雪崩の多発地点だからね」

マーフィーは、壁の時計に目をやった。あと二、三分で、ベルが鳴るだろう。

「もうあまり時間がないが、終業ベルが鳴らないうちに、みんなに宿題を出しておきたいと思う」

すでにノートを閉じて、ベルが鳴るのを待っていた学生たちが、うめき声をもらして、ノートを開きなおす。

「ノアと洪水の物語に関する史実をできるだけ多く探しだして、考察してもらいたい。イエスは、『ルカによる福音書』の十七章においても、ノアのことを語っているんだ」

ノアの時代にあったようなことが、人の子が現れるときにも起こるだろう。ノアが箱舟に入るその日まで、ひとびとは食べたり飲んだり、めとったり嫁いだりしていたが、洪水が襲ってきて、ひとり残らず滅ぼしてしまった。ロトの時代にも同じようなことが起こった。ひとびとは食べたり飲んだり、買ったり売ったり、植えたり建てたりしていたが、ロトがソドムを出て行ったその日に、火と硫黄が天から降ってきて、ひとり残らず滅ぼしてしまった。人の子が現れる日にも、同じことが起こる。

「ノアの箱舟は、神はいつまでも悪をのさばらせてはおかないことを実証するものなんだ」

「マーフィー先生、ひとつ質問があります」セロン・ウィルソンという学生が言った。

「言ってみたまえ、セロン」

「先生は、箱舟はいつか必ず発見されると考えてらっしゃるんですか?」

その質問は、マーフィーの思考の流れをいっとき中断させた。しばらくしてから、マーフィーは答えた。

「これまでずっと隠されていたのは、おそらく、なにかの理由があってのことだ。だから、神がだれかをつかって、それをふたたび世に現す必要があるとなさるのは、それなりの理由があってのことだろうね。いま、世に現されたとすれば、それは、ひとつの神意、この世には悪が満ちあふれていて、わたしたちはそれに関してなんらかの行動をとらねばならないという、神意を伝えるためではないだろうか。もしかすると、そろそろ、だれかがそれを探しに行くべき時なのかもしれない」

そのことばを聞いて、学生たちは考えこみ、静まりかえった講義室のなかにさまざまな思いが渦巻いた。が、つぎの瞬間、終業のベルが鳴って、学生たちははっと現実に引きもどされていた。

11

ヴァーノン・シールマンは、涼しい夜の空気を胸いっぱいに吸いこんで、ひとり、にっこりとほほえんだ。時は金曜日の夜、彼には〝墓地番〟は——夜通しの勤務割り当ては——ないとあって、機嫌がよかったのだ。彼は腕時計のライトボタンを押してみた。

十時半。仕事はもうすぐ終わるし、夜はまだ長い。

満月が、彼の夜間警備の仕事を楽なものにしてくれていた。スミソニアン協会の屋上からは、建物裏手の左右に設けられている駐車場にだれかが入ってくれば、すぐにそれと見分けがつく。斜めに屋上を横断して、反対側の隅に達すると、南北に走る5番ストリートと、東西に走るミルフォード・ブールヴァードが見てとれた。金曜日の夜ということで、交通量は少なかった。

自由の羊皮紙財団で二名の夜警が惨殺され、モーゼの〈青銅の蛇〉の一部が盗まれるという事件が起こったあと、ここの警備員は屋上に配置されるようになっていた。

殺人事件が発生したという不安はあっても、屋上での勤務には比較的、安心感が持てた。つまるところ、今夜の勤務は、監視と報告であって、だれかと対峙したり、危険な状況に身を置いたりするようなことはないのだ。警備スタッフが団体交渉をして、危険手当が上乗せされたことを考えれば、これは割りのいい勤務であるように思える。

とても信じられない話だが、あの二名の夜警は鳥に殺されたということであるらしい。正確には、隼という鳥に。訓練された猛禽類が、その鋭い鉤爪《タロン》と嘴をつかって、通常の餌食である鳩や烏ではなく、人間を襲ったのだ。そんな奇怪な事件がまた起こるというのは、まずもってありそうにないことだが、シールマンとしては運任せにするつもりはなかった。さえずりや羽ばたきのような音が聞こえると、すぐにベルトの警棒にさっと手をのばし——翼のある襲撃者がやってきたら、いつでも打ちはらえるようにしていた。また、屋上全体を何度もチェックして、隼がひそんでいないことを確認してもいた。

さいわい、今夜は、雀一羽すら目にしていない。

が、そのとき、濃い緑色のジープが一台、5番ストリートをゆっくりと走ってきて、ミルフォード・ブールヴァードに折れるのが見えた。ジープはその大通りの、この協会の向かい側にあたる位置に停止して、大柄な男がひとり、外に出てきた。男は、通りを横断するときのような感じで左右に首をまわしたが、ジープのそばに立ったまま、動こうとはしない。と、男が顔をあげて、屋上に目を向けてきた。シールマンは、自分がここにいることをその男は知っているのではないかという、薄気味のわるい感触を持った。男の顔はよく見えなかったが、この状況にはなんとなく背筋が寒くなるような感じがあった。

シールマンは、もっとよく見えるようにと、さらに屋上の端に寄ってみたが、男の顔は影のなかに隠れたままだった。

と、突然、ジープのそばにいる男が片手を挙げ、しばらくたったところで、その手をふりおろして自分の腿に打ちつけた。その瞬間、シールマンの背後で、耳をつんざくような金切り声があがり、くるっとふりかえると、なにかの黒い影が顔をめがけて矢のように飛来してくるのが見えた。彼はベルトをまさぐりながら、反射的に一歩あとずさり、二基の鋼鉄製の空気吹出口のあいだに張られている釣り糸のようなものに足をひっかけてしまった。なんとか転落を防ごうと、なりふりかまわず必死に身をまわして、屋根の端をとりまいているガードレールにしがみつく。

彼は一瞬、自分のすばやい反応を自画自賛した。いい歳をした男にしては、そうわるくはないじゃないか。

そう思ったとき、ガードレールが干からびた棒パンのようにポキッと折れて、彼は宙を落下していった。激しく回転しながら落ちていく彼の下方に地面が迫ってきて、その身を激烈に抱きしめる。

あの怪しげな男が、四肢が異様な格好にねじれ、突きだした状態で転がっているシールマンのそばにぶらりと歩み寄ったときには、末期の筋肉の痙攣による陰惨なダンスもおさまって、死体はぴくともしなくなっていた。男はしばし、虐殺がもたらした刺激的なにおいを楽しんでから、死骸をひきずって建物の裏手へまわりこみ、藪のなかに死体をほうりこんだ。

男が目をあげると、ホシムクドリがふわりとその肩にとまって、毛づくろいをはじめた。男は歯をむきだして、陰険な笑いをもらした。ホシムクドリはひとなつっこくて、物まねがうまい鳥だ。

「まんまとあの野郎をあわてふためかせてくれたようだな、ちび」

鳥は小首をかしげて、小さくさえずってから、飛び去っていった。男は建物の大きな窓のひとつに音もなく歩み寄って、バックパックからひと握りの工具をとりだした。そして、まずはテレビのリモコンのようなものをかざして、窓のほうへ向け、いくつかのボタンを押した。数秒後、赤いランプが点滅して、ビープ音が一度だけ鳴り、警報システムが解除されたことを示した。

ついで、男は吸着カップを窓に吸いつけさせ、ガラス切りがとりつけられているアームを窓に押しつけた。

ガラス切りに力をこめて、吸着カップの周囲を一周させてから、その円形の部分を手袋をはめた手でこつんとたたいてやると、吸着カップがへばりついた丸いガラスがぽろんと落ちてきた。男はそれを地面に置いて、工具をかたづけ、窓に開いた穴から身を滑りこませた。

その建物の三階では、別の警備員が廊下を歩きながら、規則に従って各部屋のドアをチェックしていた。ここまでは、すべてのドアがきちんと施錠されていた。すべて、異常なし。今夜もまた、静かな夜だ。

もしかすると、静かすぎるのかも、と彼は心配になってきた。このところ、聴覚に問題がありそうな経験をしているから――注意を引くには叫ばなくてはいけないと、妻がぼやいていた――こんなふうに完璧な静寂に包まれていると、自分にはごく小さな物音が聞こえていないだけなのかもしれないと思って、不安になってくる。そういう音こそが、自分のやっている仕事では重大な意味を持つものなのだ。

たとえば、ほんの一瞬だけ聞こえたような気がする、あのかすかなうめきのような音。あれは気のせいだったのか？　それとも、あれは――この建物のどこかにいるほかの警備員があげた――現実の叫び声であって、自分は、これは一刻一秒が生死に関わることだからと、助手のところへ応援を求めに駆けつけるべきなのだろうか？

彼は立ちどまった。ドン。たしかに、ドンという音がした。小麦粉の袋が床に落とされたときのような音が。そのあとは、またも静寂。が、こんどの静寂は、なんとなく不気味な感じをはらんでいた。

彼は並んでいるオフィスのドアのひとつを急いで解錠し、なかに滑りこんで、5番ストリートを見渡せる窓へ歩み寄った。不審なところはなにもなかった。とはいえ、あとで後悔するよりは、安全を期したほうがいい。彼は、屋上にいるシールマンに無線を入れた。

応答がない。

よくない兆候だ。冷や汗が出てきたのがわかる。彼はすぐ、携帯無線機《ウォーキートーキー》の別の番号を押した。

「ロバートソンからコールドウェルへ。そちらの現在位置は？」

「こちら、コールドウェル。いまは地下だ」

「オーケイ。こちらはいまから屋上へ行って、シールマンが応答しない理由をたしかめる。そっちも、あがってきて、合流してくれないか？」

「そうしよう」

ロバートソンは階段へ足を向けた。だが、ゆっくりとだ。コールドウェルが追いつけるように、たっぷり時間をかけよう。わざわざ、身の危険を増やすことはない。

タロンは、地下のドアが開く音を聞きつけて、すばやく階段わきの影のなかに身を滑りこませた。数秒後、コールドウェルが駆け足でかたわらを通りすぎた。つかの間、タロンはその警備員の迅速さに軽い衝撃を受けていた。これまでの経験から、この手のガードマン《レンタコップ》は、なにをするにも――とりわけ、怪しい状況を調べにかかる場合は――時間をかけるものだと思っていたが、この男は災厄の本源にできるだけ速く飛びこもうと決意しているように見えた。

そうであれば、タロンとしてはどうしても、そいつがまちがった方向をめざしていることを指摘してやらざるをえない。

「失礼だが、きみ」

コールドウェルがくるっとふりかえり、腰に装着しているオートマティック拳銃に反射的に手をのばす。

「ちょっと迷ってしまったみたいでね」

コールドウェルは、階段の影にいる男の顔つきを見分けることができず、そろりそろりと近づいていった。

「それならそれでけっこうですが、ここはひとつ、明るいところに出てきてもらえませんか?」

「ごもっとも」

とタロンは応じ、さっと足を踏みだすと同時に、右手でコールドウェルの喉もとをないだ。コールドウェルは、なにもできずにいるうちに、喉頭を切り裂かれ、左右の頚動脈も切断されていた。噴出した二条の血が壁を鮮やかな赤に染め、その体が床に落ちる。

タロンは人工の人さし指に付いた血をコールドウェルの上着で入念にぬぐって、にやりと笑った。

「ご親切はありがたいが、助けは無用。行きかたは自分で見つけられると思うぜ」

ロバートソンは屋上にあがってみたが、シールマンの姿はどこにも見当たらなかった。彼は、5番ストリートとミルフォード・ブールヴァードを見渡せる、屋上の隅へ足を運んだ。通りの向かい側に緑色のジープが一台、駐車しているだけで、あたりは静まりかえっている。ミルフォードに面する側にそって屋上を歩いていくと、懐中電灯の光のなかに壊れたガードレールが浮かびあがった。屋上の端から身をのりだしてみると、下の歩道に、大きな油の染みのようなものがあるのが見てとれた。ついで、彼は二ヶ所の駐車場を見渡せる隅へ足を運んだ。ゆっくりと弧を描くように懐中電灯を動かして、そこの地面を調べ、周囲の藪のほうへ光を向けていく。

そこに黒い靴がふたつ、突きだしているのを見て、彼は息を飲んだ。ホルスターからオートマティックを抜きだし、そっと安全装置を外してから、急いで屋上の扉へ向かう。頭のなかには、ひとつの思いしかなかった。四階に降りて、警報を鳴らそう。そうすれば、七分後には、ここは警官だらけになっているだろう。あとはただ、その七分間をなんとか生きのびることだ。

イシス・マクドナルドのみごとな赤髪が、乱れたモップのようにデスクの上にひろがり、抜けるように白い顔が、埃っぽいシーグラム著の『シュメール文字辞典』の上にのっかっている。その本は、眠りこんだときに読んでいたページが開かれたままになっていた。眠りこんでしまったのは、十二時間ぶっとおしで仕事をしたということだけが理由ではなかった（未解決の言語学的問題をかかえているときは、よくあることだし、そういう状況は逆に、強くはないが、不断のいらいらをもたらすものだ）。もっと大きな理由は、仕事に没入しているときは、時間の感覚が完全に失われてしまうから、疲れを感じたら、いつでもデスクにつっぷして、うたた寝をするのがつねというものであったにすぎない。

彼女はここまでで二十分ほど、安らかにまどろんでいて、ふだんであれば、ちょっぴり肩凝りが残るにしても、あと半時間ばかり眠ってから、ぱっちりと目覚め、元気をとりもどして、問題の解決にとりくむところだった。

だが、このときは、警報の音で目覚めさせられてしまった。

彼女ははっと身を起こし、自分の置かれている状況を確認しようとした。火災が起こったのか？　なにものかがこの財団に侵入したのか？　そのとき、このオフィスに隣接するラボのなかで、騒々しい物音が立てつづけに生じるのが聞こえた。狂人が手当たりしだいに物を投げつけているような音だ。彼女は、まだ頭が目覚めきらないまま、ラボへのドアを開いて、灯りをつけた。

血色のわるい長い顔に黒い髪と灰色の目という容貌の男が、こちらに向きなおる。男は、骨まで凍りつくような目つきを向けてきた。

あの顔は――この目で見たのは初めてだが、ローラ・マーフィーを殺した男であるにちがいない。

彼女は戸口からあとずさって、デスクをめざそうとした。それの引き出しのなか、雑然とほうりこんである文具類のあいだに、三二口径オートマティックを――まだ撃ったことはないが――ひそませていたのだ。

が、ただの一歩も進めないうちに、彼女は捕まえられていた。

男が左腕一本で彼女をかかえあげて、ふりまわし、そのひたいに狙いを定めてこぶしをたたきつける。イシスの体が背後にあるデスクの上に投げだされて、コンピュータが床に落ち、書類が散乱した。悲鳴をあげる暇もなく、彼女は気を失って、闇のなかに落ちこんでいった。

タロンはすばやくそのそばに移動して、彼女のきゃしゃな首に両手をかけた。両の親指が喉に食いこんでいく。

「絶品だ」彼はつぶやいた。

面と向かっての殺しほど、楽しいものはない。とりわけ、じわじわと息の根をとめてやれる時間があるときは。

「おい、やめろ!」

ふりかえらなくても、銃口が自分を狙っていることがわかったが、タロンは動揺した気配はまったく見せなかった。イシスの喉もとから両手を離し、意識のない彼女の体がどさっと床に落下するに任せておいて、まだ残っていた警備員のほうへ向きなおる。

「両手をこっちからよく見えるように挙げるんだ」

タロンは警備員の視線をとらえながら、ゆっくりと両手を挙げた。警備員の視線が一瞬、離れて、イシスのほうへ向かったので、タロンは相手が選択に窮していることを即座に察知した。もし彼女が重傷を負っているのなら、警備員はただちに救急車を呼び寄せる必要があるのだが、どうすれば、タロンを監視しながら、それができるというのか?

警備員の躊躇によって生じた、そのごくわずかな隙を見計らって、タロンは首の後ろへ片手を動かし、投げナイフを掌に滑りこませた。

「おい、両手を挙げろと言っただろう!」

ロバートソンが叫んだ直後、肉切り包丁が牛のわき腹を切り裂くときのような音とともに、ナイフがその喉に突き刺さっていた。ロバートソンは銃をとりおとし、ナイフを引きぬこうとするように両手をそこへ持っていったが、そのときにはすでに命脈が尽きていた。体が沈みこんで、両膝が床につき、優雅にといってよさそうなほどゆっくりと、イシスの上に倒れこんでいく。

タロンはイシスに目をやったが、すぐに首をかしげて、耳を澄ました。サイレンの音が近づいてくる。

「またな」冷笑を浮かべて、彼は言った。

電話が鳴って、マーフィーは深い眠りからたたき起こされた。夢の断片が――山懐で笑うローラ、鳥の歌、ジャスミンという語が――ちらつきながら闇のなかへ消えていき、ようやく、ぱっちりと目が覚めた。電話は鳴りつづけている。そこでやっと、それが自分の電話であることに気がついた。

「マーフィーです」

「マイクル、イシスよ。ごめんなさい。起こしちゃったかしら」

数かずの苦難をともにしてきた仲だから、彼女の感情の動きは、歓喜から絶望に至るまで、すべて見てきたが、いまの彼女の声には、初めて耳にする、まぎれもない恐怖の色があって、マーフィーは衝撃を受けていた。

「イシス、どうしたんだ？　なにがあった？」

イシスは話をはじめようとしたが、ことばにならず、泣き崩れてしまった。

「深呼吸をして」

マーフィーは、嗚咽が静まるのを待った。

「なにがあったのか、話してくれ」

イシスは何度も泣きじゃくって、とぎれとぎれになりながらも、自分がこうむった災難を、思いだせるかぎりの範囲で話していった。といっても、頭部に打撃を受けて脳震盪を起こしたために、記憶の順序はごちゃごちゃに混乱していたが。

話を聞いているうちに、マーフィーの胸中でさまざまな感情が渦巻きはじめた。悲しみや後ろめたさもあったが、もっとも強い感情は怒りだった。

「朝一番の飛行機でローリーを出発するよ。こんなことにきみを巻きこむべきではなかったんだ。ほんとうに入院しなくてもいいのか？　心配ないからと医者が言ったのか、それとも、きみがいつものように頑固に言い張って――」

「ちがうの、マイクル」彼女がさえぎった。「これはあなたのせいじゃないし、わたしの身はだいじょうぶ。ちょっと動転しちゃっただけのことだから。警察に、コネティカットのブリッジポートにあるわたしの妹の家に身を寄せるようにと言われたの。いま電話をしてるのは、そこからよ。パトカーがこの家を警備してくれてるわ。事件の経緯が判明するまで、ここにいてくれってことなの」

マーフィーは、こぶしが白く変じるほど強く受話器を握りしめた。

「どういう事件かは、きみにもわかってるだろう、イシス。だれがやったのかは――だれが警備員を殺して、きみを襲ったのかは、きみにもよくわかってることだ。きみも殺されていたかもしれないんだ。もし警察が……」そのとき、別のことが頭に浮かんで、ことばが途中でとぎれた。

「あの木片――あれは、いまもラボにあるのか？」

イシスがすすり泣きながら、笑いだす。

「さっきは一瞬、わたしのことだけを案じてくれてるんだって思っちゃった」

「そうだよ、イシス」彼は言いかえした。

「でも、ほかに、もっと心配なことがあったってことなんでしょ？　気にしないで、マイクル、ちゃんとわかってるから。でも、いまの質問に対する答えは、ノーよ。あの木片は消えてしまったわ」

「じゃあ、やつはそれが目当てでやってきたのか？」

「そのようね」とイシス。「でも、それだけじゃなかったみたい」

「どういう意味なんだ？」

「こっちで、もっとつっこんだ調査をしてたの。で、あの木片は、五千年前のものってことだけじゃなく、あれに含まれているさまざまな放射性同位元素のなかに、カリウム40の痕跡がほとんどないことが判明したの。それからどういうことがわかると思う？」

マーフィーの脳みそが、過熱しそうなほどの勢いで働きはじめる。

「カリウム40は、ほぼすべての物質中に見いだされる。生物に老化をもたらす元素のひとつだ。あの木片にカリウム40の痕跡がほとんどないとすれば、洪水以前の世界には、その元素はごくわずかしかなかったということかもしれない。だとすれば、洪水以前の時代のひとびとは数百歳の寿命を持つのがふつうだったというのは、筋が通る話だ。そして、洪水のあと、人間の寿命はいまのような短いものになってしまったというわけだ」

「どうしてそうなったのか、説明はつくかしら？」

マーフィーはしばらく考えこんだ。

「科学者のなかには、過去のある時代、地球は〝水の天蓋〟と呼ばれる水蒸気の層に包まれていたと考えているひとたちがいる。その層は、太陽が放出する有害な紫外線を防いでいたのかもしれない。そうであれば、当時はカリウム40が少なかったことの説明がつくだろう。そのひとたちは、ノアの洪水が起こったのは、その〝水の天蓋〟が一挙に地上に落下して、もっとも高い山やまをもこえるほどの洪水を生じさせたからだと考えている。とにかく、〝水の天蓋〟がなくなると、カリウム40の量が増えはじめるだろうね」

電話の向こう側に、長い沈黙が降りる。かなりたって、ようやくイシスが口を開いた。

「あなたは箱舟を見つけたいんじゃないの、マイクル？　聖書の話は真実だってことを、議論の余地なく証明したいと考えてるんでしょ」

「もちろん、そうだとも。でも、箱舟を発見することの意義は、それ以外にもなにかがあるのかもしれない。寿命をのばす秘密とか。それに、ほかにもまだ秘密がひそんでいるかもしれないし」

考えるほうに気が行って、マーフィーは黙りこんでしまった。ややあって口を開いたとき、その口調は一変していた。

「これがどれほど重要なことかは、いまさら言うまでもないけど、イシス、当面、そんなのはどうでもいい。いま重要なのは、きみが生きていて、安全であること、それしかない。きみまで失ってしまったら、もうわたしは耐えられないと思うんだ」

長いあいだ、どちらも口を開こうとしなかった。

12

レヴィは、講義室の空いた椅子に腰かけて、五、六人の熱心な学生がマーフィーに質問を浴びせかけるさまをながめていた。あの男の辛抱強さはたいしたものだ、と彼は思った。たいていの学者は、学生に教えることは、自分の研究の中断を余儀なくされるわずらわしいものだと考えているが、マーフィーにかぎっては、考古学に向ける熱意に匹敵する熱意を学生たちにも向けているのは明らかだった。マーフィーも、自分がここに来ていることに興味をそそられているにちがいないのだが、急いで学生たちをおっぱらおうとしているような気配はまったく見せていない。それでも、ようやく、学生たちの最後のひとりが講義室を出ていくと、マーフィーはすぐに、同年輩の友のもとへ歩み寄ってきた。

「あんたもノアの箱舟に関心があるとは知らなかったね、レヴィ。知っていたら、最前列の席を用意しておいてやったのに」

「あれに関しては、おれのほうがあんたよりよく知ってるかもしれんぞ」さらりとレヴィは言ってのけた。「モサドに所属していたころは、アラト山に箱舟があるという話がしょっちゅう出ていた。ＣＩＡがあの一帯を衛星写真に撮ったのは明らかなんだ。きわめて興味深い話だと、よく言われたものさ」

マーフィーがその話に飛びついてくる。

「あんたはその目で見たのか？」

「あれにまつわることは、すべて最高機密事項でね。ほんとうは、しゃべってもいけないんだ。あんたにはしゃべってもいいだろうが、そうすると……殺さなくてはいけなくなるかもしれんな」

彼はその黒い目で眼光鋭くマーフィーを見つめ、マーフィーはそのことばを額面どおりに受けとった。そこで、レヴィは破顔一笑し、マーフィーはいまのはジョークだと気がついた。少なくとも、殺すという部分に関しては。

「では、あんたがやってきたのは、わたしの講義を聴くためじゃなかったと」

レヴィは肩をすくめた。

「おれはあの地域で仕事をした経験がある男だからな。まあ、ちょいと講義をのぞいてみようかと思っただけのことさ。それより、トレーニングの装備一式を用意してきたぞ。ちょっとスパーリングをやらないか？　終わったときに、まだあんたが生きてるようなら、昼飯をおごろう」にやっと笑って、彼は言った。

「で、くたばってたら？」

「その場合は、もちろん、あんたがおごる」

ふたりの出会いがあったのは二年半ほど前のことで、マーフィーは、会ったとたんにといっていいぐらいすぐに、レヴィという男が気に入ってしまった。ふたりは、経歴が異なり、世界観も多くの点で異なってはいるが、本質的に冒険家であるという点は共通している。ふたりは肉体的、精神的に試しあうことを楽しんでいて、マーフィーはいつも、会うたびになにかを――たいていは、武道の新たなわざを――習得してきたような気がしていた。

ジムに着くと、レヴィとマーフィーは、すべての筋肉をしっかりとのばしたことが確認できるところまでストレッチをおこなって、体を温めた。それから、そろって〝中腰〟の構えをとり、その姿勢を保ったまま、左右のパンチを五百発、宙に放った。マーフィーはほぼすぐさま、両の腿が張ってくるのを感じたが、レヴィのほうは、肘掛け椅子にすわってテレビを観ているかのように、気らくなようすだった。

「新しい技をやってみる準備はできたか？」とレヴィがきいた。

「やってくれ」うめくようにマーフィーは言った。

「これから稽古する〝型〟は、二十七の動きからなっている。平安四段《へいあんよだん》と呼ばれる型でね。もともとは、空手道の達人、船越義珍《ふなこしぎちん》という人物が指南されたものだ」

レヴィはつねに忍耐強い教師であり、気合いのこもったトレーニングのさなかにあっても、それは変わらない。彼は、優雅さとスピードと力強さを兼ね備えた動きを、目にもとまらぬ速さでやってみせた。あのがっしりとした体があれほど敏捷に——それも、あれほど破壊的な力をこめて——動けるというのは、いつものことだが、マーフィーにとっては驚きだった。

レヴィがローリー＝ダラム地域に本拠を置くハイテク企業で警備責任者の地位にあることはたしかだが、じつのところ、彼はいまもモサドをはじめ、各国のさまざまな情報機関と強いつながりを持っているのではないかと、マーフィーは考えていた。

そのあと、えんえん一時間ほども、レヴィの指導のもとに、なじみのない〝型〟の稽古をやりつづけたところで、マーフィーはようやく、新たななにかが——新たな動きかたや見かたが——ずきずきする四肢にプログラムされたような感触を得た。そして、これ以上やったらぶっ倒れると思いかけた、ちょうどそのとき、レヴィがバシッと手を打ちあわせて、弛緩の姿勢をとった。マーフィーはよろこんで、その手本に従った。

そして、呼吸が平静に復するまで待ってから、言った。

「オーケイ、レヴィ。教えてくれてありがとう。しかし、あんたが訪ねてきたほんとうの理由は、ほかにあるんだろう？」

「体の動きは鈍くなっても、心の動きはいまも鋭いらしい」レヴィは笑った。「先週、ボブ・ワゴナーから電話が入ってね。あんたがローラを失った状況にどのように向きあっているのかと気づかってたよ」友にじっと目を据える。「どう対処してる?」

胸に突き刺さる問いだったが、マーフィーは腹を立てたりはしなかった。レヴィは如才なさというものはあまり持ちあわせていない男だが、ときには、その単刀直入さがいっそさわやかに感じられることがある。みんながこちらを動揺させまいとしてローラの名を口にしないことのほうが、腹立たしく思えたりするほどだった。自分としては、たとえ心痛が深まるにしても、みんなが彼女のことを話して、記憶を新たにしてくれるほうがいいのだが。

「つらい日も、ときにはあるよ。でも、いつまでも過去にとらわれず、前向きにことにとりくもうと思って、ずっと仕事に没頭してきたんだ。とにかく、毎日、彼女のことを思い、楽しかった日々のことだけに気持ちを向けようとしてきた。けっして、あのことには気持ちを向けまいと――」彼は深呼吸をし、咳ばらいをして喉をすっきりさせようとしたが、そのことばはどうしても出てこなかった。

レヴィが代わって、そのことばを言う。

「タロンのことには、だな」

マーフィーは、自分がその名を言わずにすんだことにほっとしながら、うなずいてみせた。レヴィがやってきた理由にはたと思い当たったのは、そのときだった。

「じつを言うと」レヴィが切りだした。「自由の羊皮紙財団が不法侵入にあったという話を聞きつけたんだ。あんたの友人のイシスが、あやうく殺されるところだったと」

「あんたのところにはいつも、信じられないほどの情報が入ってくるんだな」マーフィーは言った。

「知ってのとおり、独自の情報源を持ってるからね。それはさておき、その話を頭のなかで転がして、警備員の殺されかたを考えていたら――」

「そしたら、タロンが頭に浮かんできたと。当然だね。やつがやったってことぐらいは、わたしでもわかる。あの男はローラを殺しただけじゃなく、こんどはイシスまで殺そうとした。彼女が殺されずにすんだのは、奇跡としか言いようがない」

急に激情がこみあげてきて、彼は床を見つめた。

「案ずるな」レヴィが言った。「タロンは、狙っていたものを手に入れたんだ。もう、あそこへやってくることはないだろう」

レヴィがすでに膨大な情報を入手していることを知って、マーフィーは驚嘆した。こちらが知っていることのなかで、彼が知らないことはなんだろう?

「いいかい、レヴィ、もしメトセラが噛んでいて、タロンも噛んでいるとするならば、なにか大きなことが動きだしているにちがいないんだ。箱舟にまつわるなにかが。あとは、それがどういうものかがわかりさえすれば。とにかく、わたしはそれを突きとめる方法はひとつしかないと思ってるんだ」

レヴィは考えこむように、青みがかった顎ひげの剃りあとを撫でさすった。

「もし箱舟が実在するとすれば、そういうことだろうな」

マーフィーは友の視線をとらえた。

「その点に関しては、あんたは口に出したこと以上によく知っているんだと思うがね」

「たぶんな」とレヴィ。「で、箱舟が実在したとすれば、どうだと？」

「わたしは、実在すると信じてるし」きっぱりとマーフィーは言って、レヴィの前腕をつかんだ。「なんとかして、それを発見したいと思ってる。しかし、それには助けが必要になる。あんたにしか頼めない、特殊な種類の助けが必要になると思う。もし、首尾よく探査隊が編成できれば、自由の羊皮紙財団がその発見に関心を向けてくれるんじゃないかな」

レヴィは首をふった。

「おれの知るかぎりでは、アララト山はひどく危険な地域にある。トルコ軍はもとより、クルド人反政府主義勢力や野犬がうようよいるうえに、岩崩れは多発する、山では雪崩が起こるという調子だ。おまけに、地震まで起こる。もしあんたが行くつもりでいるところが、箱舟があるとみんなが考えている場所であれば、いやおうなく、雪におおわれた高い山に登ることになるんだぞ」

「わかってる。だからこそ、あんたに助けを求めてるんだ。あそこで遭遇しそうなありとあらゆる問題に対処できるように、隊のみんなを訓練してもらう必要が出てくるだろう」

レヴィはまだ得心のいかない顔をしていたが、マーフィーはかまわず、話をつづけた。

「ラングレーのCIA本部へ出向くつもりなんだ。CIAは過去の一時期、あのあたりで活動をしていたから、アララトに関する情報を持っているだろう」

「やっかいな状況に首をつっこんでしまうことになりかねないぞ、マーフィー。それでも、どうしてもそれをやりたいというのか？」

「わたしのことはよくわかってるだろう、レヴィ。わたしは冒険が大好きなんだ。政府のどこやらの部門がガタガタ言おうが、かまいはしない。人類の歴史でもっとも重要な考古学的発見の可能性があるとなれば、なおのことだ。もし箱舟を発見することができれば、進化論に対して最大の打撃を与えることができるだろう。聖書の記述は正しく、神がこの世界を創造したのだということを立証できるかもしれない。それに、箱舟にはほかにもいろいろと驚くべきことがあるだろうという感触があってね。あれが見つかれば、あんたのような懐疑論者をも納得させられるようになると思うんだ、レヴィ!」

レヴィは笑わなかった。

「ほとんどなにも知らない場所へ行くことになるんだぞ。あそこは、あんたが考えている以上に危険なところなんだ」

「どういう危険が？　メトセラやタロンよりも危険なやつがいるのかね」

「スプークどもだ」

「スプークというと——幽霊？　なんでそんなものが話に出てくるんだ？」

「スプークというのはスパイのことでな。そして、あそこにいる連中は、政府の機関には所属しない、雇われの工作員どもだ。もしそういう連中と出くわしたら、マーフィー、やつらは容赦しないぞ。おれにはわかるんだ」

マーフィーは熱のこもった目で、じっと相手を見つめた。

「それなら、なおのこと、可能なかぎり、ありとあらゆる助けが必要になるんじゃないのかね？」

13

紀元前三一一五年：大きな街、エノクから五十マイルの地点

苦悶の悲鳴が夜の空気を満たす。

ノアは目を見開いて、その声がしたほうへくるっと向きなおった。たいまつの揺らめく光のなか、そこの城壁の下のところにアハジアがいるのが目に入った。胸に刺さった矢を両手でつかんで、よろよろとあとずさっていく。ぜいぜいと息を切らせていた。

近くの持ち場にいた男たちが、彼を助けようと駆けつけてくる。ノアが、寵愛していたその召使のところへ行こうとしたとき、海岸にたたきつける巨波のようなすさまじい音が聞こえた――ザトの攻撃部隊があげた鬨の声だ。

「各自の持ち場へ、みんな、各自の持ち場へ戻れ！」彼は叫んだ。

すばやく向きを変えて、彼はまた叫ぶ。

「ヤペテ、弓の射手たちを！」

ノアの射手たちが、下方の地面に群がる小暗い影どもに狙いをつけはじめる。敵の数名は、すでに城攻め用の長い梯子を昇りだしていた。そのときには、敵の射手たちもまた弓を射ちはじめており、ノアの部下たちの上に雨あられと矢が降りそそいできて、自分の矢を射ちきらないうちに、命を落としたり傷ついたりする者が出てきた。が、さらにまずいのは、敵の矢の多くにピッチが塗られ、火が点じられて、空飛ぶたいまつと化し、空を明るく染めながら、建物の屋根に落下してくることだった。

さほどもなく、街のいたるところで火災が生じるおそれがあった。そして、ザトの軍勢は、夜が明ける前に、ここを占領もしくは破壊する決意をかためていることに疑いの余地はなかった。

城壁のところでは、ハムとその部下たちが長い棒で梯子を押しかえして、なんとか敵の侵入を食いとめようと必死の努力をしていた。いたるところで叫び声とどなり声が交錯して、猛烈な不協和音を奏で、どれが死にゆく者の悲鳴で、どれが命令を伝えるものの怒声なのか、判別がつかないありさまだった。

城壁内の地上では、女たちが負傷者の手当てをし、子どもたちが戦士のひどい渇きを癒そうと、まだ水の残っている井戸から水をくんでいた。

そのとき、セムとその部下たちが、大きな鉄鍋に満たした熱湯を下から昇ってくる襲撃者たちに浴びせはじめ、ほかの戦士たちは、梯子を支えている敵兵どもを狙って大岩を落としはじめた。まもなく、梯子はすべて打ち壊されて、敵の進撃は停止したように思えた。そして、城壁にそって並んでいた兵士たちから、突然、大きな歓呼の声があがった。

ザトの兵士たちが撤退していく。

それが計略ではなく、敵はほんとうに退却にかかったのだということを確認してから、ノアは息子と指揮官たちを城壁の下に招集した。

「セム、将校を何人か引き連れて、いまの攻撃で命を落とした者の数を調べに行ってくれ。それと、負傷者のなかに、まだ戦える者が何人いるかもだ。ヤペテ、敵が放ってきた矢をできるだけ多く回収してくれ。部下たちに命じて、城壁と櫓の上にもっと多くの岩を運ばせるように。ハム、マセレトから、なにか知らせは来ているか?」

「応援を求めて、大きな街、エノクへ彼を遣わしましたが、まだ戻っていません。敵に殺されたのかもしれません。すでに四日がたっていますから」

曙光が地平線を淡いピンクに染めはじめたころ、ノアは街のなかを歩きまわって、損害の度合いを調べにかかった。住居の多くが、まだ煙を吐く灰燼と化していた。部下たちが死体を集めて、神殿に隣接する遺体保管所へと運んでいた。

彼はときどき足をとめて、負傷者に話しかけ、彼らを励ましたり、できるかぎりの感謝をささげたりした。女たちや子どもたちが泣いていた。絶命した愛する者を両手でかきいだいて、地べたにすわりこみ、あらぬかたをながめて、ゆらゆらと身を揺すっている女が何人かいた。

ノアはしばし立ちどまって、まぶたを閉じた。戦争が憎くてならない。ひとの命を奪うという行為が憎くてならない。だが、男たるもの、家族を守るためには、脅威をもたらす敵と戦わざるをえない。選択の余地はないのだ。そして、近年、悪事をおこなう者どもの脅威は、看過できないほどに増大している。ノアは涙で頬を濡らしつつ、ひとごみのなかにナアマの姿を探しはじめた。すべての死者と、未亡人となった母と、父を失った子を悼んで、彼は泣いた。だが、もし自分が妻を失ったら、胸が張り裂けて、もはややっていけなくなるだろうということはわかっていた。

焦燥を募らせつつ、一時間ほども探しまわったあと、ようやくノアは彼女を見つけだした。彼女は、ノアの息子たちの妻たち、アクサ、ビテヤ、ハガバとともにいた。もとはきれいだった彼女たちの衣服は、懸命に負傷者たちの手当てにつとめてきたせいで、よごれており、みずからの汗で染みができていた。また水を壺にくみあげるために立ちあがったナアマが、顔に垂れかかった髪をはらいのけて、向きを変えたとき、そこにノアがいることに目をとめた。ふたりは声もなく、長いあいだ抱きあっていた。やがて、彼女はむせび泣きはじめた。

「トバルカインから、なにか知らせは？」ようやくナアマは切りだした。その目には絶望の色があった。

「いや」重い心でノアは答えた。「しかし、わたしはまだ、マセレトはなんとか敵の布陣をくぐりぬけて、おまえの兄のもとへたどり着けるだろうと期待している。彼が、わたしたちの唯一の希望なんだ。食糧は、もうあと一日しかもたないだろう」

「もし彼が、間に合うように来てくれなかったら？」

ノアは目をそらした。

「ノア、わたしたちの民はどうなるの？」恐怖をみなぎらせた声で、ナアマは言った。

ノアは彼女の肩をぎゅっと握りしめた。うそをつくわけにはいかなかった。

「ザトの軍勢は、邪悪な男たちばかりだ。ひとりも奴隷にしようとはしないだろう。女子どもも、ひとり残らず殺すにちがいない」

激しくしゃくりあげはじめたナアマを、ノアは腕のなかへ抱き寄せた。

「神がどうにかして、わたしたちを守ってくださるだろう。わたしたちは世の初めから、彼を信じてきた。彼がわたしたちをお見捨てになるはずはない」

正午になったころ、ヤペテがわるい知らせを持ってノアのもとを訪れた。

「まだ戦える兵士の数は九十名ほどです。矢のたくわえは少なく、水はほとんど尽きています。残された武器は岩だけです。あと一度は、攻撃に耐えられるでしょう」

ノアはため息をついたが、ありったけの志気をかきあつめて、気をとりなおした。

「兵士を再編成し、残るすべての物資を城壁のところへ運ぶように。岩を鉄鍋に入れて、煮るのだ。つぎの攻撃に備えなくてはならない」

「はい、父上」決意をみなぎらせて、ヤペテは答えた。

「ハムに命じて、戦える女たちと年長の子どもたちを集めさせよう。それが、われわれの唯一の希望だ」

ノアは城壁の上にのぼって、櫓から櫓へと歩いた。下方の平原に、数千におよぶザトの兵士たちがつぎの攻撃にとりかかるべく展開しているのが見えた。彼らは、ノアの街の陥落が近いことを知っている。こんどは、真昼間に攻撃をかけてくるだろう。

ノアは、息子たちと将校たちを呼び集めた。

「われわれに残された時間は少ない。敵軍はすでに横列を組みはじめている！　全員を招集せよ」

敵の軍勢がゆっくりと街へ進軍してくるさまをながめるのは、なにからなにまでが不吉な夢のなかのできごとであるように思われた。おいしいナツメヤシをむさぼろうとする蟻の群れのように、敵軍が押し寄せてくる。ノアにはわかっていた。自分の部下たちは、つぎの攻撃をそう長くもちこたえることはできないだろう。彼は祈りはじめた。

ハムとセムとともに立っているノアの周囲を、ナアマ、アクサ、ビテヤ、そしてハガバがとりかこんだ。彼らが見守るなか、敵の軍勢が迫り寄ってくる。だれも口をきかなかった。語るべきことは、そしてすべきことは、最後の虐殺がはじまるまで、なにもなかったのだ。

と、櫓のひとつからにわかに叫び声があがって、その静寂は破られた。

ノアと家族の面々が、櫓の兵士が指さす方向へ目を転じる。それと見分けるのに、ちょっと時間はかかったが、地平線に砂埃が立ち昇っているのがわかり、その場所で鎧がきらめいているのが見てとれた。

ノアの体内に新たな活力がみなぎってくる。

「神をほめたたえよ！　あれは、トバルカインが率いる大部隊だ！」マセレトはやってのけた！　彼らが到着するまで、なんとしてももちこたえるのだ！」

白昼の熱気のなかで、攻撃が開始された。女や子ども、そして数人の年寄りまでが、兵士たちに合流した。何人かは敵の流れ矢を集め、力の強い者たちは岩を落とした。立って歩けるものはひとり残らず、自分たちががんばれば、街が破壊されるのを防げるのだとの希望をいだいて、城壁の上に参集していた。彼らはみな、城壁が破られたとたん、自分たちは死んだも同然となることを理解していた。

ザトは手遅れになるまで、トバルカイン軍の接近に気づかなかった。彼らの背面は無防備だったから、それはすさまじい殺戮となった。トバルカインの戦士たちは獰猛であり、彼らのふるう武器は、ザト軍の持つ湾曲した鉄の剣よりはるかに致命的だった。彼らの剣は、敵の盾や兜を打つと、鐘のような高い音を鳴り響かせ――それがもとで、彼らの剣はトバルカインの〝歌う剣《つるぎ》〟として名を馳せるようになった――それを形成する金属はけっして折れず、錆や脆弱化にも無縁であるように思えた。彼らの剣は何時間にもわたって致命的な仕事をなし、やがて日が薄れはじめたころ、ザトの軍勢はついに骸《むくろ》の山となりはてていた。トバルカインの兵士たちが、金目のものを残らず死体からはぎとりながら、平原を押し渡ってくる。彼らの荒々しい笑い声と、死にきっていない敵兵たちのうめき声が、まじりあって響いていた。

その陰惨な光景を背後にして、トバルカインが妹を励ます声をかけてくる。

「おまえも、おまえの家族も、死に瀕している」彼は言った。「ここを脱出しなくてはいけない。ここには悪があふれかえっている。ザトの略奪軍は壊滅しても、その兄弟たちが復讐を狙ってやってくるだろう」

「でも、ここは、わたしたちがハムとセムとヤペテを育てた場所よ」ナアマが言った。

「それがなんだというんだ！　ここにとどまれば、殺されるだけだ。もはや、守ってくれる軍勢はいない。多くの兵士が死んだ。エノクの街は、ここからはあまりに遠い」

彼は首をふった。「はっきり言って、ここは女子どもに安全な場所ではない。おまえもノアも、それに息子たちや娘たちも、ここを離れなくてはいけない」

「でも、どこへ行けばいいの?」ナアマが言った。

「アツェルの森へ」とトバルカイン。「必要なものはすべて手に入るだろう。しかも、まだ、だれも入植していない。悪事をおこなう者たちから安全でいられるだろう」

「あそこは相当に遠い」ノアが言った。「わたしはここに残って、天の大いなる神のことをひとびとに教える必要がある」

トバルカインがほほえんで、言う。

「ここのひとびとは、あなたの神の話など気にとめはしない。たった数頭の羊のために、あなたを殺すだろう。このわたしも、あなたの神は信じていないんだ、ノア。わたしがここに来たのは、妹を救うためであって、あなたの神に勝利をささげるためではない。それに、こんどまた悪があなたに襲いかかっても、そのときは、間に合うように助けに来ることはできないかもしれないんだ」

「そのことについては、わたしたちは祈るしかない」きっぱりとノアは言った。

「なにをどう祈ると?」ぺっと地面に唾を吐いて、トバルカインが言った。「ここを離れなければ、死ぬことになるぞ!」

その後、数ヶ月のあいだ、ノアとその家族は、できるかぎり街の修復につとめてきた。未亡人の多くは街をあとにして、遠い村々の親戚のもとへ転居していた。そうしなかった女たちは、飢餓や盗賊による略奪という脅威よりも、街が再度、攻撃されることを強く恐れて、荒野へさまよい出ていた。

ノアたちの眼前で、街は衰退をはじめていた。

「けっきょく、トバルカインが正しかったということ？　わたしたちはアツェルの森へ移るべきなのかしら？」ある日、ナアマが言った。

ノアは、彼女の懸念を理解していた。

「わたしはそのことで、ずっとお祈りをしてきた。もちろん、ここがもはや安全でないことはわかっている。しかし、神はわたしたちの移動を望んでおられるのかどうか、そこのところがまだわからないんだ。きょうは一日、彼の意志を探ることに時間を費やそうと思う」

「父はどこに？」とヤペテがきいたのは、それから何日かがたったときだった。「きょうはまる一日、姿を見ていないんだけど」

「夕食には戻ってくるでしょう」穏やかにナアマは応じた。その目は、外の平原を見ていた。「ほら！　あれは、あなたのおとうさんが帰ってくるところなんじゃない？」

が、その安堵感は、彼が走っているのがわかった時点で、恐怖に変じた。すぐに、家族のほかの面々が集まってきて、ノアの帰りを待ち受けた。あれは、ザトの兄弟たちが進撃してきたことを示すものなのか？　恐怖にとらわれた彼らが、たがいの手を握りしめて、息をひそめていると、ようやくノアが街の門をくぐりぬけてきた。彼らはすぐに、その大きな木の門を閉じた。

「さあさあ」息が落ち着いたところで、ノアが言った。「みんなに話さねばならないことがあるんだ」

まもなく、息子たちとそれぞれの妻たちが、テーブルをかこんですわった。

「きょう、神が話しかけてくださったんだ！」

みなの顔に、衝撃の色がひろがる。

「いやいや、ほんとうなんだ。きょう、神が話しかけてくださった。彼はこのように言われた。〝あなたの妻のナアマ、セムとアクサ、ハムとビテヤ、ヤペテとハガバとともに、安全な箱舟をつくりなさい。この世は悪と暴虐に満ちている。ひとびとはみずから堕落した。わたしは洪水によって彼らを滅ぼそう。だが、あなたとあなたの家族は破滅から救われるだろう〟」

驚愕して、無言で耳をかたむけている家族に、ノアは、安全な箱舟を建造する方法を語り聞かせた。

「わたしたちはアツェルの森へ移動する。安全な箱舟を建造するには、たくさんの樹木が必要になってくる。わたしが大きな街、エノクへ出かけて、わたしたちが移動することをトバルカインに知らせておこう」


その数日後、ノアは、トバルカインの庭園の涼しい日陰にすわっていた。

「賢明な決断をされましたな、ノア」トバルカインが言った。「アツェルの森は、あなたにとって、そして、わたしの妹やあなたの子どもたちにとって、安全な場所だ。わたしが信頼できる男たちを派遣して、その旅のあいだ、あなたたちを守らせよう。ザトの兄弟たちが、途中で待ち伏せているかもしれない」

「ご親切、痛み入る、トバルカイン。あなたは一度ならず、わたしたちを守ってくれた」

トバルカインはうなずいた。

「それはさておくとして、ひとつ、忠告しておきたい。その安全な箱舟のことは、だれにも話さないように。それと、神があなたに話しかけたということも。あざ笑われるだけのことだ。いや、もっとひどい目にあうかもしれない」

「しかし、これは真実なのだ！」

「真実であろうとなかろうと、話せば、混乱を引き起こすだけのことだ。わたしの妹がまた危険にさらされることにはなってほしくない」

ノアは無言でこうべを垂れた。信仰のない男とはいえ、トバルカインには心から感謝しているし、彼の反感を買うというのは望ましいことではなかった。

トバルカインは気持ちをやわらげたように見えた。

「移動の前に、いくつか特別な贈りものをあげよう。ひとつめは、数本の〝歌う剣〟と一本の短刀だ。いつか、あなたたちを守ってくれるものとなるかもしれない。ふたつめは、いまあなたが話した、その安全な箱舟を建造するというばかげた計画の一助となるかもしれない、ひとつの箱だ。このことは秘密として、だれにも口外しないことを約束してもらわなくてはいけない」

ノアはうなずいて同意を示し、もう一度、こうべを垂れた。自分がなさねばならないことを神に告げられたとき、どうすればそれほどの大仕事をなしとげられるのか、よくわからなかったが、いま、トバルカインに贈りものの内容を聞かされたことで、ノアはようやく、それはほんとうになしとげられるのだという確信を持ったのだった。

14

「ちょっと待ってくれ、マーフィー！」

高圧的で耳障りな声が聞こえ、だれかの手が肩にかかって、ぎゅっと握りしめてくる。反射的にマーフィーがふりかえると、ディーン・アーチャー・フォールワースの顔が見えた。身長はマーフィーと同じくらい、金髪はまばらになってきていて、高い眉と長い鼻が特徴的な血色のわるい顔は、いつものようにしかめ面になっていた。心安らかな男でないことぐらいは、読心術師でなくてもわかるというものだ。

マーフィーは、内心を表情に出さないようにつとめ、緊張を解こうと心がけた。マーフィーのような男の肩を背後からつかむというのは、愚かなことという以上に、危険ですらあるかもしれない。武道の稽古にたっぷりと時間を費やしてきたことで、彼の反射神経はつねに研ぎ澄まされているし、その稽古の眼目は、そこに脅威があることを意識が察知する前に、体が反射的に脅威に対応することなのだ。

ディーン・フォールワースにとってさいわいだったのは、マーフィーの第六感が、こう告げたことだった。これは、攻撃がかけられたのではないと。

少なくとも、物理的な攻撃ではないと。


マーフィーの注意を引きつけたことがわかったところで、フォールワースは咳ばらいをして、口を開いた。

「やっとつかまえたぞ、マーフィー！　いやはや、なんとも居どころをとらえがたい男だね、きみは。わたしにはほかにいろいろと大事な用事があるから、予定表を守ろうとしない教授のひとりを探してキャンパスを歩きまわるなどということは、してはいられないんだがね」

マーフィーは笑みを返した。

「だったら、そっちの用事にとりかかってはどうかね？」

血色のわるいフォールワースの顔が、ますます白茶けてくる。

「ことばに気をつけることだ、マーフィー。きみの不遜な態度には、ただでさえ我慢がならないんだからね」

「それでも、懲りずに、何度でもやってくるじゃないか？」マーフィーは、どうせなら楽しんでやれという気分になってきて、相手をからかった。

フォールワースは、自分が主導権を失いかけていることを悟ったようだった。

「よく聞いてくれ、マーフィー。話しあわねばならない重要な案件があるんだ。いま話しあいができないようなら……学部の規律会議に……」薄ら笑い。「きみをかけることになるだろう」

　マーフィーはため息をついた。

「わたしにも用事がいろいろとあるんだ、ディーン。そういうわけだから、それがなんであれ、いまここで胸のつかえを晴らしてしまってはどうかね？」

「けっこう。じつは、きみがノアの箱舟に関する講義をして、それが実際にアララト山の上にあると学生たちに話しているという報告を受けたんだ。その調子だと、つぎは、マーフィー――〝ジャックと豆の木〟の講義でもするつもりなのかね？　それとも、靴のなかに住む老婆を見つけるための探検隊を組織する気でいるとか？」

「わたしはおとぎ話は扱わないよ」怒りを募らせながら、マーフィーは言った。

「そうなのか？　では、この世のあらゆる動物を一対ずつ乗せた大きな舟の話は、なんと呼ぶんだ？　わたしには到底、歴史的な話には聞こえないね。われわれは、ひとつの協定を結んだはずだ」マーフィーの顔に人さし指を突きつけて、話をつづける。

「きみが、自分の信念をたんなる――信念として表明するのは、自由だ。しかし、ここは誉れ高い大学であって、聖書のばかげた話があたかも事実であるかのように話して、若い学生たちを感化するということは容認されない。おわかりかね、マーフィー教授？　授業で宗教くさい説教をするのはやめてもらいたい。ここは高等教育の場であって、教会ではないんだ！」

マーフィーはフォールワースの弁を最後まで聞いてから、指を折りながら、話しはじめた。

「第一に、わたしは説教などしていない。わたしがやっているのは講義だ。第二に、誉れ高い科学者の多くが、アララト山にノアの箱舟があることを信じている。第三に、わたしの講座の学生たちは、わたしが話した内容について、いつでも自由に質問をすることができる。発言の制約はいっさいない。話のついでに言わせてもらえば、あんたは講義に出もせずに、なにがどうなのかもわからないままにしゃべっているんだ」

マーフィーは、おのれの短気なアイルランド人気質がさわぎだすのを感じていた。フォールワースもまた、顔を真っ赤にしていた。

「きみも政教分離ということばを聞いたことがあるだろう、マーフィー？」

「待てよ、フォールワース。いったいどこから、政教分離などという話が出てくるんだ？　プレストンは私立大学だ。国の政策に左右されることはないんだぞ」

「憲法にそうあるんだ！」

マーフィーは懸命に、自分の感情にたがをかけた。

「ほんとうか？　憲法のどこに書いてあると？」

「どこかは憶えていないが、憲法修正第一条のどこかにあるんだ！」

「ほう、アーチャー、それはおもしろい。わたしは憲法修正第一条をしっかり憶えてるぞ！　あれには、こう書いてあるんだ。〝連邦議会は、国教の樹立を重んじ、または宗教上の自由な行為を禁止し、言論もしくは出版の自由、または人民の平穏に集会し、もしくは苦情の救済を政府に請願するための権利を制限する法律を制定することができない〟」

「ほら、わたしの言ったとおりじゃないか？　国教を制定することはできないんだ！」

「お忘れかもしれないから言っておくが、わたしは連邦議会じゃない。国教の制定など、するわけがないだろう。わたしは、言論の自由を行使しているだけだ。あんたは言論の自由を信じていないのかね、アーチャー？」

「まさか。とにかく、トーマス・ジェファソンは、政治と宗教は分離されるべきだと言ったんだ！」

フォールワースはもはや、つかい古された文句を、それを支えている正論の意味など考えもせずに、まくしたてているだけだということを、マーフィーは明確に見てとった。

「で、ジェファソン大統領はどのような文脈のなかで、その声明をおこなったのかね？」

「彼はそう言ったんだ。それが重要なことなんだ」フォールワースはどなりだした。「じゃあ、助け舟を出してやろう、アーチャー。その文句は、一八〇二年に、ダンベリー・バプテスト協会に宛てた手紙のなかに記されたものだ。その地のバプテスト派諸教会は、連邦議会が国教を制定する法律を通過させるのではないかと案じていた。ジェファソンはそれに返信をしたためて、そのなかで、〝宗教と政治のあいだには分離という壁がある〟と書いたんだ。言いかえれば、政治はその壁を壊して、国教を制定することはできないということになる。宗教は政治に口出ししてはならないという話とは、なんの関係もない。建国の父たちのほとんどは、信仰の篤い男たちだった。そのジェファソンの手紙を読んでみれば、彼がそのなかで何度も、信教の自由を奨励していることがわかる。彼の主張は、あんたの言っていることと正反対なんだ」

「しかし、両者のあいだには壁があってしかるべきだ」

「それなら、アーチャー、去年、わたしがモスクワで開かれたロシア考古学学会でおこなった講演の内容を教えてやろう。わたしは、考古学的発見の相当部分は、聖書からの情報によってもたらされた可能性があると話してから、こうつづけた。〝この国はかつて共産主義国家でありましたから、おそらく、みなさんの多くは無神論者であり、聖書を信じてはおられないでしょう〟と。すると、司会役の教授が、わたしにこう言った。〝この講堂に集まって、あなたの講演を聴いているひとたちはみな、修士号以上の学位を持っています。博士号を持つひとが二十二人います。わたしたちは、あなたが言わんとすることを傾聴し、それがわたしたちから見て妥当かどうかを判断する能力をじゅうぶんに持ちあわせています。アメリカ合衆国の教職者たちにはそれをする能力がないのですか?〟わたしはこう言った。〝悲しいことに、多くのひとがそうです〟いま、それが正しかったことをあんたが証明したように思うね」

マーフィーの精緻な反論に打ち負かされたフォールワースは、議論の方向を変えにかかった。

「きみはいつも、聖書のことや聖書による発見の数かずを言いたてる。しかし、その聖書は、神話や伝説だらけだとして悪評を買っているんだ。なにはともかく、ノアはいったいどうやって、あらゆる種類の動物を一対ずつ手に入れることができたというのかね?」

「わたしが箱舟を発見した暁には」笑みを浮かべて、マーフィーは言った。「きっと、その答えを教えてあげられるだろう」

15

受話器から流れてくる呼出音を、マーフィーは指さきでテーブルをこつこつやりながら聞いていた。

「もしもし」ためらいがちな女の声が届いてくる。

「イシスさんはおられますか？」

「すみませんが、そういう名前のひとは、うちにはいません。きっと、まちがった番号におかけになったんでしょう」

マーフィーには、ちゃんと番号を押した自信があった。

「あの、わたしはマイクル・マーフィーという者で、これはイシスに教えられた番号なんです。彼女は、ブリッジポートの妹さんのところに身を寄せていると言っていたんですが」

ちょっと間が空いた。

「マーフィーさん、わたしはヘカテといいます。イシスの妹です。あなたから電話があるだろうと、姉が言っていました。イシスがここにいることはだれにも教えないようにと、警察に指示されているんです。いま、姉は外のパティオにいます。すぐに呼んできますから」

ヘカテ。マーフィーは笑みをこぼした。父親のマクドナルド博士は、きっと古代の女神たちにご執心だったのだろう。それよりも意外だったのは、これまでイシスが妹のことをひとことも口にしなかったことだ。いや、よく考えてみれば、イシスに関して自分が知らないことはいくらでもあるのだし、彼女が私生活のこまごまとしたことまで、なにもかも自分に打ち明けるいわれはどこにもないのでは？　そうは思っても、彼女が妹の存在をこちらに隠していたという事実は、どうしたわけか、ちょっぴり心が傷つくものではあった。

　彼は、イシスが電話に出てくるのを待っているあいだに、そんな気持ちは頭からはらいのけてしまおうとつとめた。しばらくして電話に出た彼女は息を切らしていて、なにか、胸の鼓動を速めるようなことがあったのにちがいないとマーフィーは思った。

「マイクル！　ほんとにありがとう。かけてきてくれたのね」

「気分はどう？」

「まだ、ちょっぴりびびってる。護衛が付くのって、すごくいやな気分ね。警察が、葬儀に出てはいけないって――危険すぎるからって――言うもんだから、あの家族のひとたちを元気づけることもできないの。きっと、打ちのめされてらっしゃるでしょうに。自分だけが生きてるってことが、なぜか、わるいことのように感じちゃって。あのひとたちが亡くなったのは、わたしのせいなの」

「ばかを言うんじゃない、イシス。きみのせいなんかであるもんか。わたしがきみを巻きこんでしまったんだ。だれかのせいだとすれば、わたしのせいだよ」

「わかったわ、マイクル」彼女は大きなため息をついた。「だれのせいでもないってことよね。あなたもわたしも、それぞれの仕事をしていたってだけのことだと。だれも、こんな……こんな……」

「悪を招き寄せようとしたわけじゃない」穏やかにマーフィーは言った。

電話の向こう側に沈黙が降りる。マーフィーは、〈青銅の蛇〉とネブカドネザルの〈黄金の頭部〉をめぐる冒険をともにくぐりぬけたあと、善悪や信仰に関するイシスの見解が変化したことを感じとっていた。とはいっても、彼女がなにを信じているのかとか、キリストを人生に受けいれることにどこまで近づいているのかという点については、正確なところはわからない。とにかく、だれであれ、彼女の本心に迫ろうとするならば、みずからにも大きな問いを投げかけずにはすまされないだろう。

自分としては、彼女が正しい答えに行き着いてくれるのを願うしかなかった。

ただ、強く押すことは逆の結果をもたらすだろうということだけはわかっていた。

これが初めてではないが、相手がイシスとなると、思うようにことばが出てきてくれない。ありがたいことに、イシスのほうから気づまりな沈黙を破ってくれた。

「前向きになりましょうね、マイクル。わたしはちょっぴりまいってるけど、おおむねのところ、だいじょうぶ。それに、いい知らせがいくつかあるの。財団から連絡があったのよ。財団はノアの箱舟を見つけだすための探査隊に出資する意志があることを、あなたに伝えてほしいって。あなたが隊長になってほしいってことなの。これって、すごい知らせじゃない？」

マーフィーは意表を衝かれていた。

「いったいなにがあって、財団はそんな提案をする気になったんだ？」

「理由はいくつかあると思う。カリウム40と長寿の関連性を追及したいというのが、ひとつでしょう。それと、それ以外にも、箱舟からいくつもの科学的発見が得られることを期待しているということ。まだ、ほかにもあるわね」

「どういうものが？」

「その探査事業を完全にまかなえるほどの匿名の寄付を、財団が受けとったの」

マーフィーは口笛を吹いた。

「それが状況をがらりと変えたのか！」

「ええ。そのことを知らせるために、財団理事長のハーヴィー・コンプトンがじきじきに電話を入れてきたの。彼の話では、聞いたことのない在外《オフショア》企業から小切手が送られてきたそうよ。ちゃんと署名がされていて、彼はそれを換金したんだけど、サインを読みとることはできなかったって。その匿名の寄付者は、あなたが探査隊を率いることを望んでいるという覚書を送ってきたということなの」

メトセラ！　あの男、こんどはなにをもくろんでいるのか？

　メトセラが手のこんだゲームを仕掛けられるだけの財力を持ちあわせていることは、たしかだった。だが、自分の推測が正しいとするならばの話だが、彼はいま、箱舟の発見に全財産を注ぎこもうとしているように思える。なぜ、そこまでのことを？

「コンピュータシステムを全面的にアップグレイドできるほどの、資金的余裕もできたわ。わたしの旧式コンピュータも、わたしがデスクの上にふっとばされたときに、完全にいかれちゃったみたいだし。でも、正直、わたしはペンと紙だけで仕事をする状態に戻って、よろこんでるぐらい。ペンと、いいインクがあれば、あとは……」

　マーフィーはイシスの話を聞いてはいたが、その思いはすでに、はるかなかなた、アララト山のあぶなっかしい凍った山腹へ飛んでいた。ふと、ある考えがひらめいたのは、そのときだった。

「きみも行かないか？」と彼は口をはさんだ。

「なんですって？」

「きみも、箱舟を見つけだすための探査隊の一員にならないか？」

イシスは一瞬、あっけにとられていた。マーフィーは本心から、今回の暴虐な事件に心を痛めているように思えたし、自分に責任があるとまで感じているようだったのに、いまは、彼はほんとうにこちらの身を案じてくれているのだろうかという気がしてきたのだった。

危険きわまりないとまではいかないにしても、ひとを寄せつけないことに関しては世界でも指折りの場所に、いっしょに行かないかと誘ってくるとは。それも、ひとえに聖書の人工遺物を発見するために。が、考えてみれば、完璧に筋は通っている。なにしろ、彼がほんとうに気にかけているのは、聖書の人工遺物だけなのだ。

いまになってそのことに気がつくとは、自分はそれほどのおばかさんだったのか？

「どうする、イシス？　もし実際、箱舟にさらなる秘密があったとすれば、古代の文書を解読するために、きみのような言語学の能力を持つひとが必要になってくると思うんだ」

こうなっては、イシスには考えるまでもなかった。自分は、感情に動かされるだけの自立心に欠ける軟弱な女などではないことを、マイクル・マーフィーに示してやろう。ぎゃふんと言わせてやるんだ！

「勘定に入れて。いまあなたが言った能力はさておくにしても、その探検には山登りの経験を積んだ人間が必要になるでしょうしね。わたしは休暇はいつも、父といっしょにスコットランド高地《ハイランド》ですごしてたから、こつを教えてあげられるわ」

「すばらしい。でも、その前に、もちろん、気分がよくなってからの話だけど、体調を万全にしておく必要があるだろう。やっかいな状況下にある、高い山に登ることになるんだからね」

「わたしのことは心配しないで」ぴしりとイシスは言った。「あなたが食べた激辛のディナーの数より、わたしが登った山の数のほうが多いでしょうから。それより、あなたにはいろいろと準備を整えなくてはいけないことがあるでしょ。わたしのことはいいから、そっちのほうにとりかかって」

マーフィーはにやっと笑って、受話器を置き、ふうっと安堵のため息をついた。

アララト山は危険な場所であるかもしれないが、なにはともかく、イシスが探検に同行してくれるわけだし、自分がそばにいて守ってやることはできるだろう。

箱舟は、見つかるかもしれないし、そうはいかないかもしれない。つまるところ、その答えは神の御手にあるのだ。だが、イシスは絶対に死なせはしないと、彼は決意していた。

16

朝の六時に、マーフィーはローリー・ヘルス・アンド・フィットネス・ジムのドアをくぐった。早朝に運動をするというのは、時間が許せば、週に三日はやりたいところだった。体調を維持するためだけではなく、体を動かすのは考えるための余白を心につくってくれるからだ。まずは、ステップマシン。ここは、学生たちが宿題のことをきいてきそうにない聖域のひとつだとわかっていた。

着替えをして、マシンを選ぶ。四十五分ほどもやっていると、汗が出てきて、この日のさしせまった案件から心が離れていくのが感じられるようになってきた。ステップをやめ、ぶらぶらとフリーウエイト・エリアへ足を運んで、いつものトレーニングにとりかかる。

ベンチプレスに励んでいると、後ろのほうから声が聞こえてきた。

「ひとりじゃ危ないから、介助役をしようか？」

マーフィーは二百ポンドのウエイトを付けたバーを胸の上方へさしあげて、息を吐きだした。ベンチの後ろに、ハンク・ベインズが立っていた。たくましい体格が隠れてしまう、だぶだぶした灰色のスウェットを着ている。

「頼もうか」バーをおろしながら、マーフィーは言い、またバーをさしあげた。予定のセット数を終えたところで、マーフィーは起きあがった。すわったまま、二、三度、呼吸をくりかえしてから、ベインズと握手を交わす。

「ここで会うのは、これが初めてだね」マーフィーは言った。

「じつを言うと、わたしとしてはちょっと早目に来たんだ」とベインズ。「あんたに会えるんじゃないかと思って。話がしたかったもんでね」

「いいとも。ただ、所定のセットをやり終えるまで、待ってもらわなくてはいけない。二百ポンドのウエイトを頭の上にさしあげながらしゃべるというのは、なかなか大変なことなんでね」

「オーケイ」ベインズは笑って、そう応じた。「では、とりかかろう」

半時間後、ふたりはセットの合間に息を継ぐために、ワークアウトベンチから起きあがって、そこにすわりこんだ。

「あんたはほんとうに、きついことに挑むのが好きなんだ」ベインズが言った。

「冗談は休みやすみにしてくれ。なんとかあんたに追いつこうとがんばってただけだよ」マーフィーはにやっと笑った。「それで、話したいことというのは？　ティファニィのようすはどうなのかな？」

ベインズが笑みを返してくる。

「最高。まさに最高。あんたに感謝しなくては。いいアドヴァイスをしてもらったおかげだ。あれからずっと、できるだけ批判的にならないようにしていたんだ。つまり、いいほうにものごとを見るようにしていたら、それが効果を発揮したようで。教会に通ってることが、あの子の気持ちを落ち着けてくれているような気もするね。それと、あんたの友人のシャリさんがティファニィにどういう話をしてくれたのかは知らないが、とにかく、そのおかげで、あの子の態度は一変して。なんと、いままで荒れた行動をしていたことを謝ってくれたんだ」彼はにっこり笑って、首をふった。「あんなことをしてくれるとは、思いもよらなかった」

「それはすばらしい。おたがいを気づかうようになったからこそだろうね。もともと、それに気づきさえすればよかったんだ」ベインズに目を向けたマーフィーは、相手がまだなにか悩みをかかえていることを見てとった。「で、ジェニファーのようすは？」

「それが、おかしなぐあいで。父親としてのわたしは、よくなっているようなのに、夫としては、あまりうまくいっていないんだ。ティファニィとどなりあうことはなくなったのに、ジェニファーとはいまだに、まったく話が通じあわなくて」

ベインズはダンベルをとりあげて、アームカールのセットをはじめた。マーフィーもそれに倣う。

「話しあうのがむずかしいということ?」

ベインズはうなずいた。

「ジェニファーは、もめごとというやつはなんでも嫌いで、貝のように黙りこんで、口をきかなくなってしまうんだ」

「奥さんが黙りこんだら、あんたはどうなる?」

「頭に来るね。腹を立てたジェニファーが、どなりも叫びもせずに黙りこんでしまったら、わたしはいつも、たまらなくいらいらしてくる。で、家を出て、バタンとドアを閉じてしまうという調子で」

「奥さんが話をしてくれるときは、どんなぐあいになる?」ウエイトを下におろしながら、マーフィーはきいた。

「なにかの問題を話しあうとき、わたしは妻に、なぜ彼女のやりかたはうまくいかないのか、そして、なぜ別のやりかたをするべきなのかを、こんこんと説明する。妻はまだその問題をきちんと考えていないということを、ほんとうに辛抱強くわからせようと努力するんだけど」

「どうも、あんたは奥さんに反論の機会を与えてあげていないような感じがするね。彼女がひいてしまうのは、それが原因かもしれない」硬い笑みを浮かべて、マーフィーは言った。

ベインズはなにも言わない。痛いところを衝いたようだと、マーフィーは見てとった。

「いつごろから、そんなぐあいになったんだ?」

「一年ほど前から」

マーフィーはベインズの目をのぞきこんで、推測をめぐらせた。

「そのころから、ほかの女性と会うようになった?」

ベインズの体がこわばり、顔から血の気がひく。そして、かろうじて見分けがつく程度の、うなずき。

「二股をかけるというのは、いささかむずかしいことなんじゃないかな?」

ベインズは口もとをこわばらせ、また、ゆっくりとうなずいた。

「いいかい、ハンク、わたしの経験から言わせてもらうなら、離婚をしたひとたちというのは、けっきょくのところ、いろいろと悔いを残してしまう。最大の悔いは、たいていの場合、もっと努力してうまくいくようにすればよかったというものでね。不倫の高揚感というやつは、いっときの幻想にすぎない。そして、ある日、この新しい相手も、いまの連れあいと同じく、あれこれと悩みや問題の種をかかえているんだという事実にぶちあたって、目が覚めるんだ。心外な話に聞こえるだろうが、あんたは女性とのコミュニケイションの問題もかかえている可能性がある。それにくわえて、罪悪感という重荷まで背負いこんでるんだ。不倫には、それほどの犠牲をはらう価値はないよ」

マーフィーは、いまの話をよく考える時間をベインズに与える必要がありそうだと思った。

「さあ、公園をジョギングして、クールダウンをしよう」

十五分ほどジョギングをしたのち、ふたりは歩きだした。ベインズはまだ、夫婦の契りに訴えたマーフィーの意見になんの反応も示していなかったが、その意味を受けとめようとしていることは感じとれた。

「ちょっとききたいんだが、ハンク。仕事を終えて帰宅したあと、あんたはなにをしてる?」

「たいていは、着替えをしてから、夕食の時間になるまで、すわりこんで、新聞を読んだりテレビを観たり」

「ローラが生きてたころのわたしも、やはりそうだったな。しかし、ある日、それではコミュニケイションができていないってことに気がついたんだ。夜が更けると、彼女は話をしたがり、わたしはベッドに行って眠りたいというぐあいでね。で、わたしは、家に帰ったら、ひとりでのんびりするのはやめることにして、その時間を、人生でもっともたいせつなひとに気を配ることにふりむけるようにしたんだ。あんたとジェニファーが大事な問題を話しあうのは、どういう時間帯が多いんだろう？」

「ええと、きちんと考えたことはないね。たいていは夜更け、ティファニィがベッドに行ったあとかな。なんで、そんなことを？」

「ばかげた話だと思うかもしれないが、午後九時以降におこなわれる夫婦の議論はわるい方向に行きがちであるという研究結果が数多く出ているんだ。だから、どちらもあまり疲れていない時間を選んで、やったほうがいいんじゃないかな」

「きわめて実際的なアドヴァイスのように思えるな。ひとつ、こちらからきいてもいいだろうか？」とベインズ。

「いいとも」

「あんたとローラは大げんかをしたことがあった？」

「わたしたちもやったように思うね。キリスト教徒だから完璧というわけにはいかない。ただ、キリスト教徒には、前にも言ったように、知恵を引きだせる源泉があるんだ。聖書という」

「たとえば」

「できるだけよき夫でありたいと思っていたから、こういう一節を記憶に刻んでいたよ。〝夫たる者よ、妻を愛しなさい。つらく当たってはいけない〟。わたしも何度か口ーラにつらく当たったことは、認めざるをえないね」

その声に深い後悔の念がこもっていたことは、ベインズにもうかがい知れた。マーフィーには、過去のおのれのふるまいをいいものに見せようという気はさらさらなかった。

「あるとき、そういう場合に役に立つことが五つあることを発見したんだ。ひとつは、〝すまなかった〟と言えるようになること。わたしにはつらいことだったけど、ふたつめのは、それよりもっとむずかしかった。自分がまちがっていたと認めることだ。これは、おのれの自尊心を押し殺さなくてはならないことを意味するからね。むずかしかったよ」

「そうだろうね。わたしのような、自分が正しいことをつねに証明せずにはいられない完全主義者にとっては、それはほんとうにむずかしいことだ」

「みっつめは、許しを求めること。これがまた、むずかしい。そんなことはしたくないと思ったことが、よくあったね。とにかく、そのみっつをして、それから、あとふたつのことをする。ひとつは、〝愛してるよ〟と言うこと。そして、最後に、〝もう一度やりなおそう〟ということばでもって、それまでのいきさつを捨てて、再出発をはかるんだ」

「文句なく理に適ってる。ただ、自尊心を捨ててしまうというところが、なにも増してむずかしい」

「そういうところで、キリスト教徒であることが助けになるんだ。わたしにしても、神の助けがなければ、そこまではできなかっただろうね。ひとがみずからの人生を神にささげたとき、神は強さを与えてくださるんだ」

ふたりは歩いてジムにひきかえした。

「ハンク、さっき、教会に通うことが娘さんの役に立ったように思うと言ったね。きみの役にも立つかもしれないと考えてみてはどうだろう」

ベインズは半信半疑の顔で、

「もしかしたら」と応じた。

マーフィーは、そこまででやめておいた。種は蒔いた。あとは、ベインズしだいなのだ。

17

ローリーからヴァージニア州ノーフォークへの三時間のドライヴは、楽しい記憶を呼び起こしてくれるのがつねだった。ローラを伴ってのドライヴでは、まず北へ車を走らせて、ウェルドンから東へ向かい、マーフリーズボロ、サンバリーを通りすぎたあたりで、どこか店を見つけて、食事をすることがよくあった。それから、また車を走らせて、グレイトディズマル沼沢地を抜け、ノーフォークの街を通りすぎて、ヘンリー岬に近いヴァージニア・ビーチにたどり着くのだった。そういった、なじみのあるランドマークの数かずが引き金となって、屈託のなかった過去の日々の記憶がちらちらとよみがえってくる。その一方、マーフィーは、自分が気らくにしていられないのは――それどころか、胸さわぎがしてくるのは――なぜなのだろうと思いはじめていた。

ローラとの結婚生活はけっして完全なものではなかったことを、ハンク・ベインズに話したためだろうか？　彼女との思い出を他人に打ち明けるというのは、裏切り行為なのか？　いや、そんなばかな。ローラがまちがっていたなどとは、ひとことも言っていない。自分に欠点があったと言っただけだ。そんなことをくどくど考えても、なんの益もない――だれか別人の口を借りて、この自分の結婚生活の問題を赤裸々に語らせたというわけではないのだから。

　では、自分はなにが気になっているのだろう？

　裏切り行為。

　どうしたわけか、そのひとことが心にひっかかって、どうしても離れてくれなかった。

　そのうち、また別のことばがそれにくっついて、にわかに、すべてが落ち着くべきところに落ち着いた。

　イシス。

　イシスへの思いがもとで、自分は罪悪感を覚えているのだ。そんな思いをいだいていることを、このときになってやっと気がついたのだった。

　彼は思わず、ハンドルを握りしめていた。ローラに死なれたからといって、だれかと新たな関係を持つということは考えたこともなかった。自分が心から愛するひと、生涯の伴侶はローラであって、だれかが彼女に代わって自分の心のなかに入りこむなどということはありえない。自分はひとり、痛む心を追憶で癒しながら、いつか天国でふたたび結ばれるときまで、忍耐強く生きつづけようとしてきたのだ。だれかと恋に落ちるなどということは、したくもない。だれかと恋に落ちるなど、できるはずがない。

悪態をつきたくなる衝動を抑えこんで、彼は左右を過ぎゆく光景に気持ちを向けた。聖パウロ教会が目に入ってきた。あの教会に関する知識を思い起こすことに気持ちを集中しよう。創建されたのは一七三九年で、独立戦争の際のイギリスによるノーフォーク爆撃を生きのびた数少ない建物のひとつだ。

ノーフォークは、長年、大西洋軍の司令部が置かれてきた関係で、純然たる海軍の町だ。いたるところに、艦艇や海軍将兵の姿が見てとれる。そのおかげで、自分がここまでやってきた理由を思いだすことができた。

マーフィーは車を西へ向けて、エリザベス川ぞいに走りはじめた。

さほどもなく、ヴァーン・ピーターソンの家にたどり着き、そこの私道へ車を乗り入れる。ヴァーンはおもてに出て、芝生の刈りこみをやっているところで、三歳になる息子、ケヴィンがおもちゃの芝刈り機を動かし、父親のまねをして遊んでいた。ケヴィンもヴァーンも赤い髪と緑色の目をしており、そのふたりをまとめて目にしたことで、マーフィーの沈んだ気持《ブルー》ちは即座に消し飛んでいた。

ヴァーンが芝刈り機のスウィッチを切り、ひょいと息子をすくいあげて、おどけた敬礼をこちらに送ってくる。

マーフィーは車をとめ、笑みを浮かべて敬礼を返した。ヴァーンが息子を下におろしたところで、ふたりは抱擁を交わした。その間、ケヴィンは、ふたりはいったいなんでこんなに大さわぎをしているのかを知りたくてたまらず、ヴァーンの足もとでぴょんぴょん跳ねていた。ようやく抱擁を解くと、ヴァーンはまた、日焼けした腕で息子をすくいあげた。

「このひとは、マイクル・マーフィーさん。マイクル・マーフィー教授だぞ。この前、このひとと会ったときのことは憶えてるか？」

少年がぽかんとした顔になったので、マーフィーは助け舟を出してやった。

「ずっと前のことさ、ケヴィン。でも、わたしはきみのことを憶えてるよ。あのとき、きみは自分よりでっかいテディベアをひきずってたような気がするね」

少年がくすくす笑いだす。

「トランプスのことだ！」

「あのころはよかったな」ヴァーンが笑う。「この子は、あのクマさんさえあれば、ご機嫌だったんだ。いまは、ヴィデオだのＤＶＤだの、なんだかんだとほしがるようになってしまってね」

ヴァーンの妻、ジュリィが家から駆けでてきて、両手を大きくひろげて、マーフィーに抱きついてくる。いたずらっぽい笑みを絶やさない、妖精のような顔立ちの小柄な黒髪の女性で、もちろん、マーフィーは何度も会っているが、そのなかのある一日が思いだされた。それは、ローラとの結婚記念日のことで、そのときは四人でローリーのダウンタウンにある、ふだんはとても足を踏み入れられないしゃれたレストランに行って、ヴァーンが新郎の付き添い役、ジュリィが新婦の付き添い役をしてくれた、自分たちの結婚式の記念日を祝ったのだった。

ジュリィと抱擁を交わしたあと、彼はちょっとあとずさって、しげしげと彼女を見た。

「ジュリィ、この前会ったときから、ちっとも太っていないじゃないか。そんなひとには、このあたりじゃ、まずもってお目にかかれないような気がするな」

彼女がにっこり笑って、彼の頬に手をあてがってくる。

「ほんとにうれしいことを言ってくれるのね、マーフィー。さ、入ってちょうだい。もうすぐ、夕食のしたくができるわ。あなたとヴァーンは、いろいろと積もる話があるでしょうしね」

マーフィーは、アップルパイの最後のひと切れがホームメイドのアップルジュースとともに飲みこまれ、食器がきれいにかたづけられるのを待ってから、ヴァーンと連れだって、ぶらぶらとポーチに出た。ふたりの男たちは、そこに置かれている二脚の古びたロッキングチェアに、それぞれ腰をおろした。

「さてと、ヴァーン、あんたが最後にヘリコプター《チョッパー》を飛ばしたのは、いつのことだったかな？」

ヴァーンが横にらみに目を向けてくる。

「答えは先刻、承知だろう、マーフィー。クウェートが最後さ」

詳しい説明は不要だった。シュワルツコフ将軍がイラクの大統領警護隊に攻撃をかけはじめたとき、ヴァーンはクウェートに設置された司令部にいた。イラク軍は、百日ほどで壊滅した。三十八日間におよぶ空爆で、イラク軍の志気はすでにくじかれていた。一ヶ月をこえる絶え間のない爆撃で、兵士たちは疲れ、飢え、嫌気がさしていた。そして、数千人単位で、つぎつぎに投降したのだった。

「あれにまつわる数字はよく憶えてるよ」マーフィーは言った。「戦車は、こちらの損失が四台、あちらの損失は四千台。火砲は、こちらが一基で、あちらは二千百四十基。航空機は、こちらが四十四機で、あちらは二百四十機だった」

「ヘリコプターの場合は、それほど運がよかったわけじゃない」とヴァーン。「こちらの損失は十七機で、あちらはたったの七機だった。実際、おれが飛ばしてた〝船〟も二度、被弾したよ。墜落はしなかったがね」

戦争の話題がとぎれがちになったところで、ヴァーン・ピーターソンがマーフィーに目を据えた。

「マイクル、なにか頼みごとがあるんだろう。なんなんだ？」

「あんたの熟練した飛行術が必要なんだ。あんたは高高度でも低高度でも、たっぷりと飛行経験を持ってるからね」

「じゃあ、あんたを乗せて、カナダまで飛んでくれってことか？」にやっと笑って、ヴァーンは言った。

「それよりはちょっと遠い」マーフィーはひと呼吸置いた。「わたしの探査隊に参加して、いっしょにノアの箱舟の捜索に携わってほしいんだ」

ピーターソンが、弾かれたように椅子から立ちあがる。

「アララト山の上を飛んでくれってことか？　冗談だろう！」

「おいおい、ヴァーン、そんなにむきになって言いたてることはないだろう」

マーフィーは説明にとりかかった。ピーターソンにやってもらう必要があるのは、アララト山のふもとにあるドウバヤジットの町から、山の高所に設営するベースキャンプへの物資の輸送のためにヘリコプターを飛ばすことだと。積雪のある急傾斜の山腹に着陸するのは不可能かもしれないから、ケーブルをつかって物資を投下せざるをえないことになるかもしれないと。その間、ピーターソンはじっとすわって、マーフィーを見つめていた。

「ふうん、おれもヘリコプターでずいぶんむちゃなことをやってきたけど、こいつはその最たるものだろうな」

マーフィーは、遠征の全費用を自由の羊皮紙財団が出資することを話して、彼を説得した。彼にも相当に高額の報酬が出る予定だし、出発してから三週間ほどで家に帰ってこられるだろうと。ピーターソンは、信じられないと言いたげに、黙って首をふるだけだった。

「ちょっと、考える時間をもらわなきゃいけないし、ジュリィとも相談しなきゃいけないな。まだ言ってなかったけど、つぎの子を授かりそうなんだ。おれが家を離れることを、あいつがどう思うか、よくわからないんでね」

「子どもが生まれるとは、すばらしい話じゃないか、ヴァーン。おめでとう。もし、これはできない仕事だと感じてるようなら、むりは言わないよ」

「まあ、そうあせるなって」とピーターソン。「赤んぼうが生まれるとなると、なんにつけ、ものいりになる。ジュリィが前から言ってる、家の建て増しもやらなきゃいけないしな。なんにせよ、アラトはチョッパーを飛ばすには困難な場所だってことはたしかだとしても、クウェートとはわけがちがう。つまりその、あそこには、こっちを撃ってくるやつはいないんだろう?」

「いないと思う」マーフィーは言った。

「いないと思うよ」

18

ノアの街から長い旅をしてきたあととあって、アツェルの森のみずみずしい緑は、自分たちを歓迎してくれているように思えた。そして、ノアとその息子たちとその妻たちが、森の中央部にひろがる青く澄んだ湖を見、その冷たくてすがすがしい水を飲み、湖の周囲にある豊かな草地に家畜たちを放してやったとき、彼らの多くが、なぜ自分たちは不毛の平原にある街を守るためにあれほど多大な犠牲をはらってきたのかといぶかしむことになった。ここはまちがいなく楽園であり、ここここそが、神が自分たちに用意してくださった場所だと思ったのだ。

ノアとその息子たちはすぐさま、木を切りだして、雨露をしのぐための小屋を建てる作業にとりかかった。女たちは、湖で魚を獲って、食事のしたくにいそしみ、あるいはまた、なだらかな斜面の草を満足げに食んでいる馬や駱駝、羊や山羊や牛たちの世話にあたった。

休息の時間になったところで、ノアはようやく、トバルカインにもらった箱を開けた。そのなかに入っていたのは、分銅と秤、そして土地を測量するための道具だった。そこにはまた、使用法が刻みこまれた、三枚の青銅の板《プレート》も入っていた。だが、みながもっとも興味をそそられたのは、へりにぐるりと木の葉の模様がちりばめられた、黄金の容器だった。

ノアは慎重に、黄金の容器を開けてみた。なかには、さまざまな彩りの水晶や、一見、砂のような粒、そして金属の小さな破片がぎっしりと詰まっていた。彼はなかに手を入れて、粒をすくいあげたが、すぐにそれをふりおとして、手をひっこめた。炉のなかに手をさしこんだような感触があったのだ。彼はさっと黄金の容器の蓋を閉じ、湖へ駆け寄って、冷たい水にその手をつっこんだ。刺すような痛みが徐々にやわらいできたところで、ようやく手を水から出してみたが、それでもまだ、掌は赤く、ずきずきする痛みがあった。

箱のところへひきかえし、三枚の青銅のプレートをとりだして、そこに刻まれた文字を読んでみる。それぞれのプレートに、黄金の容器のなかに詰められた材料の使用法が記されていた。

最初のプレートには、さまざまな金属を含有する石の判別法が示されていた。二枚目のプレートには、各種の金属を精錬するにはどの材料をどれだけの量、用いればよいかが示されていた。そして、三枚目のプレートには、各種の金属を精錬するのに必要となる火の種別が示されていた。

トバルカインは、金属製品や武器の発明者として名を馳せている。それを思いだして、ようやくノアは、彼が〝歌う剣〟の秘密を伝えてくれたのだと気がついたのだった。

つづく数ヶ月、ノアとその息子たちは鍛冶場をつくって、そこで、青銅のプレートの指示に従って実験を開始した。さまざまな種類の石を集めてきて、それに含まれている金属を精錬し、黄金の容器に詰められていた材料をくわえた。

それは驚くべき成果を産みだした。

ノアは、斧やのこぎりなどなど、木を加工するためのさまざまな道具をつくりはじめた。ノアとその息子たちは、自分たちが精錬した金属の強度と切れあじの鋭さに目を見張った。そして、まもなく、湖のほとりに、しっかりとした立派な家が建ちならぶことになった。

だが、ノアは、トバルカインの贈りものには、もっと重要な用途があることを理解していた。ある日、彼は宣言した。

「そろそろ、安全な箱舟の建造にとりかからなくてはならない」

バシッと、なにかが断ち切れるような大きな音がして、セムはくるっとふりむいた。危険を察知するには、ほんの一瞬でこと足りた。

「気をつけろ！　逃げるんだ！」

ハムとヤペテとノアも、やはりその恐ろしい音を聞きつけていて、セムの声が聞こえる前から動きはじめていた。ちらっと一度、上方に目をやっただけで、すぐに南の方角へ逃げだしていた。

太い梁の重みに耐えかねてロープが断ち切れる音を耳にしたのは、これが初めてではなかった。馬たちはその重みをひっぱって支えきるだけの力を備えているが、ロープはときに、過度の重みに耐えられなくなってしまう。箱舟が大きくなってくるにつれて、梁を上へあげる作業の困難さと危険が増していた。

ノアとその息子たちは、アツェルの森のまんなかで、舟の建造事業を開始していた。箱舟の大きさに見合うぶん、そこそこの木を伐採して、広大な空き地をつくり、その周囲の大きな木々は、材木を持ちあげるための支柱用に残しておいた。木から木へ、箱舟の上方にロープを張りめぐらせ、滑車と馬をつかって、梁を持ちあげては、所定の場所へ据えていったのだった。

だが、いままた、濃い茶色の梁の一本が、箱舟の床に落下してしまった。その梁は、下方の数本の梁に大きな穴をうがっただけでなく、二本の梯子と、中層の床の筋交いを破壊していた。問題はそれだけではすまず、その梁は、亀裂や隙間を封じるのに用いるためのピッチを詰めた、大きな樽をひっくりかえしていた。どろっとした液体があたり一面に飛びちって、何本かの金槌や、梁を所定の位置に据えつけるのに用いる木釘の束が隠れてしまうほどのありさまだった。

ノアの息子たちが、やりきれない面持ちでその惨状をながめやる。

「おれたちはなにをやってるんだ？」両手で頭をかかえて、ヤペテがわめいた。

「まる一日分の仕事が、だいなしになった！」とハムがつづける。

セムはじっと立ちつくして、ゆらゆらと首をふるばかり。

この事故に動揺していないのは、ノアだけであるように見えた。

「いやいや、息子たち、だれもけがをしなかったではないか。神がわたしたちを守ってくださってるんだ」

「最初は、なぜ神は箱舟をつくるのに百二十年もの時間をくださったのかと思ったけど」とヤペテ。「これでは、トバルカインの驚異の道具をつかっても、一生かかる仕事になってしまいそうだ」

「困難であることも理由の一部だろうが」ノアは言った。「神が、箱舟をつくるのに長い時間を与えてくださったほんとうの理由は、この悪しき世の罪深いひとびとのできるだけおおぜいに神意を伝える時間をわたしたちに与えるためなんだ。彼らもまた、悪しき考えや堕落した行為、そして偽りの神への崇拝を捨てさえすれば、来たるべき洪水から救われるかもしれない」

ノアの口からつむがれることばが終わるやいなや、耳障りな笑い声が彼らのもとへ届いてきた。アツェルの森は、どの大きな入植地からも遠く離れているが、箱舟のうわさは遠く、広く、行き渡っていて、おおぜいのひとびとが、ノアとその息子たちが海からはるかに離れた場所で苦労しながら巨大な海洋船を建造しているさまを見に来るようになっていた。畏怖と驚きのまなざしでじっと見つめるだけの者も少しはいたが、おもしろがって野次を飛ばす連中がほとんどで、なかには物理的な狼藉を働く者までいるという状況だった。

「そんなもの、ぜったいにつくれるもんか！」

「あんたらの神は、もう助けちゃくれないみたいだな！　もしかしたら、ほかの神なら助けてくれるかもしれんぞ！」

またも笑い声。

ノアは、野次が一段落するのを待って、

「いまは笑っていられても、その日が来たら、笑っていられなくなるぞ。神は、わるい男と女を水の裁きで罰せられるだろう」と穏やかに切りだした。「空が割れて、雨が降りそそぎ、井戸という井戸の水が地にあふれてくる。空気を吸って生きている生きものは、ことごとく死ぬだろう。唯一の安全な場所は、神の加護にある箱舟となる。よく話を聞いて、悪から離れるようにしなさい！」

また哄笑があがり、腐った果実が二、三個、ノアを狙って投げつけられてくる。

なかにひとり、とりわけ激しくノアにつっかかってくる者がいた。

「あんたがその箱舟をつくりはじめて、いまで何年がたつんだ、ノア。おれたちに説教をするようになって、いまで何年がたつ？　なにも変わっちゃいないだろう。前と同じように、ひとが生まれ、死んでいくだけだ。神の人生を生きるのも、生きるために盗むのも、割りが合わないってことに変わりはないじゃないか」

これに対しては、笑い声が喝采に変じた。

ノアはため息をついて、野次る者たちに背を向けた。

「仕事に戻りなさい、息子たち。傷んだ箇所を修復して、作業をつづけなくては。世の中には、その時だけを生きて、将来を考えない者もいるが、わたしたちはそうではないんだ」

「物笑いにされるのは、もううんざりだ。洪水が来る前に、あいつらになんらかの裁きがもたらされたらいいのに！」とセムが言い、

「おれたちがザトとその軍勢にしてやったようなのが」とハムがつづけた。

ヤペテがうなずいて、同感を示す。

ノアは息子たちの目を順に見つめてから、口を開いた。

「裁きは神の手のなかにある。わたしたちはこの二週間以内に、三層目の建造を終えるようにつとめなくてはならない。それが終わったら、つぎの月は、また木を切り倒すことに費やす必要がある。まだ、さきは長い。だが、神がわたしたちに力を与えてくださるだろう」

さっきの梁が落下したときの騒音を聞きつけて、ナアマとその息子の妻たちが、そこに駆けつけていた。彼女たちは、地面からひどく高いところでの作業の危険性を知っているから、全員が恐怖に打たれた顔つきになっていた。だれかの夫がけがをしたか死んだかしたのではないか？　そんな表情だった。

だれもけがをしていないのを見て、彼女たちは安堵していたが、野次馬たちの辛辣なことばを耳にして、深く心を痛めていた。

ビテヤが、どっと泣きだす。

「こんなの、もう耐えられない」

ほかの女たちが集まってきて、彼女を慰めにかかる。

「どこへ行っても、みんながわたしたちの名を呼んで、笑いものにする。市場へ出かけたら、必ず、男たちが露骨に、いやらしいことを言ってくる。女に乱暴を働くのが平気なひとたちだから、いつかわたしも同じことをされるんじゃないかと怖くなってくるわ。友だちもみんな去っていって、こそこそとわたしのことを言いあってるの」

「つらいのはわかっています」彼女を抱きしめながら、ナアマは言った。「敬虔な人生を生きるのは、たやすい務めではないですからね。でも、滅びの時が到来したら、彼らはもはや笑ってはいられなくなるでしょう。その一方、あなたとあなたの子孫は救われるんですよ」

　ビテヤが涙をぬぐう。

「でも、洪水が来るまで、あとどれくらいのあいだ耐えなくてはいけないのですか？この責め苦を、わたしたちはいつまで我慢しなくてはいけないのです？」

　ナアマはノアに目をやってから、それに答えた。

「定めの時が来る前に滅びの日がやってくるのを願ってはいけません。その日は、わたしたちにとってすら、想像もできないほど悲惨なものとなるでしょうから」

19

曲がりくねった山道を走ってきたバスが、やっとのことで停止すると、ティファニィ・ベインズとその友だちのリサとクリスティは、文字どおりバスから外へ飛びだした。

「こんなにいいところで、よかったわね、ティフ」ウエストまである漆黒の髪を揺らしながら、クリスティが言った。

ティファニィは湖をひと目見て、これならうまくいきそうだという確信を得ていた。エメラルドグリーンの水をたたえた長さ一マイルほどの細い湖が、松の木とオークの森にかこまれた小さな谷にひっそりといだかれ、周囲にはぐるりと山が並んでいて、すばらしくドラマティックな場景を生みだしている。ここで楽しいひとときをすごせないようなひとがいるだろうか？

それでも、ティファニィは懸念を覚えはじめていた。たとえ親友とはいえ、リサとクリスティをここに連れてきたのは、ほんとうにいい思いつきだったのだろうか。この保養地のことを初めてふたりに話したとき、わざと教会ということばは付けくわえずにおいた。それを言って、ここに来もしないうちに逃げ腰にさせても意味はないし、実際にここに来て、日常生活とはまったくちがう経験をしてみれば、きっと、ふたりもすぐに自分と同じような心持ちになってくれるだろうと考えたのだった。

なにしろ、当のティファニィにしてからが、ついふた月前まで、自分が規則的に教会に通うようになるというのは考えられないことだったのに――いまは、ふと気がつくと、週が変わったときから、教会に行くことを楽しみにしているのだから。

懸念をふりすてて、彼女は友だちふたりの体に腕をまわし、そろって、湖畔に建つ本館へと駆けおりていった。宿舎のなかの、自分たちにあてがわれた部屋に入って、荷物を解き、すぐに探検にとりかかる。

「すてきな男の子たちがいると言ってたでしょ。きっと、どこかそのへんにいるのよね？」にやにやしながら、クリスティが言った。

さほどもなく、三人は別のバスでやってきた生徒たちと仲よくなり、みんなで、卓球台や玉突き台のあるリクリエーションルームへくりだした。夕食のしたくができたことを告げるベルが鳴ったころには、リサが、玉突き台に集まった面々を総なめにしていて、少女たちはハイタッチを交わしながら、大食堂へ足を向けた。

食事が終わると、色あせたジーンズにグレイのスウェットシャツ姿の男の子が立ちあがって、自己紹介をはじめた。

「やあ、みんな、ハーマン湖へようこそ。ぼくは、マーク・オートマン。ここの青年部主事をやっています。みんながここにやってきた理由は、それぞれ異なっていると思うんだけど、いまから、みんながびっくりするようなことを話すつもりです。そして、その話に、みんながいい影響を受けてくれたらと願っています」

若者たちはいっせいにおしゃべりやおふざけをやめて、彼がなにを言いだすのかと待ち受けた。

「きみたちは、たまたまここに来たわけではないんです。神は——彼に関心があるひとにも、そうでないひとにも——みんなの人生に目的を与えていて、ぼくは、彼はその目的をみんなに明かすことができるように、いまこの時、この場所に、みんなが集まってくるようにしたんだと信じています。いまの時代の若者であるということは、毎日二十四時間、あらゆる方向からさまざまなメッセージを浴びせかけられる身であることを意味します。テレビ、雑誌、音楽、テレビゲーム——ありとあらゆるものが、みんなの関心を引こうとしています。神が話しかけてくる声に、落ち着いて、静かに耳を澄ますための時間も場所もないように感じられることが、ときにあるほどです。まあ、だからこそ、ハーマン湖というところがあるわけなんですが」彼は掌を上に向けて、さっと両手をひろげた。「オーケイ、たしかに、ここにも、騒々しい娯楽はいろいろとあります。でも、すべての騒音からへだてられた、この美しい土地にいれば、目をつぶって、耳を澄ますための時間は、とろうとすればとれるんです。とにかく、耳を澄まして。そして、神がぼくたちに語りかける声に気づくように。なぜって、うそじゃなく、彼はきみたちに伝えるメッセージを持っていて、それは、きみたちが今後、耳にするなかでいちばん重要なメッセージになるからです」彼はパシッと両手を打ちあわせた。「オーライ、みんな。ぼくの話はもう聞き飽きたね。十時の消灯を忘れないように。あすの朝食は八時から、最初の集会は九時から、はじまる。また、そのときに会えるのを楽しみにしてるよ」

クリスティとリサが、ティファニィに目を向けてくる。ティファニィは、左右から恐ろしい目でにらまれていることを感じとった。

「わかった、わかったって。もしかしたら、ここは教会の保養所だってことを言い忘れたかもしれないけど――」

「忘れたんじゃなくて」話をさえぎって、クリスティが言う。「教会ってことばを出したら、なにをどうやったって、わたしたちをここに連れてくるのはむりだとわかってたからでしょ。これはいったいどういうことよ、ティファニィ？　いったい、あなたになにがあったの？」

ティファニィは、自分の頬が熱くなって、にわかに舌がまったく動いてくれなくなったのを感じたが、それでも、自分がこのふた月にやってきたことをどうしても友だちにわかってほしい気持ちは揺るがなかった。

「ええと、パパに言われて、日曜日にママといっしょに教会に行くようになったってことは、前に言ったでしょ？」

「うんうん」ふたりがうなずく。

「じつは……必ずしも、パパに行かされたわけじゃないの。つまりその、最初は自分の考えじゃなかったけど、二回ほど行ったら、なんとなくその気になっちゃって、牧師さんの——ボブ師の——言ってることをまじめに聞くようになって。実際、あれって、なんていうか、クールなの」

「クール？」ふたりが同時に、信じられないと言いたげな声を出した。

ティファニィはうなずいた。

「うん。クール。世界を大きな構図で見ようとか、未来になにが起こるかを考えようとか、なぜわたしたちはここにいるのかというような話なの」

リサがぎょろっと目をむいた。

「大きな構図ね。そこそこ楽しんで、そのうち死ぬってわけ。それが、大きな構図よ」

ティファニィは親友を失いかけているのかもしれないと思ったが、不思議なことに、からかわれればからかわれるほど、自分の確信が深まってくるのを感じていた。

「それはちがうわ」と彼女は言いかえした。「それだけじゃない。もっと、いろいろとあるわ。ちゃんと耳を澄まさなかったら、人生を無為にすごすことになるだけじゃなくて、永遠の地獄に落ちる危険すらあるし、わたしはそんな目にあいたくないの」

クリスティとリサが、じっと見つめてくる。ティファニィは、またふたりが笑いだすのではないかと案じたが、ふたりはそうはせず、そろって彼女の体に腕をまわしてきた。クリスティが言う。

「よく聞いてよ、ティフ。わたしたちは親友だし、あなたを愛してるから、、、、とりあえず、あなたが大うそをついて、わたしたちをここに連れてきたことは大目に見てあげるし、なんとか我慢して、この週末だけはここにとどまって、その静かに耳を澄ますってやつをするつもりだけど、そのあとプレストンに戻ったら……」

「みんなまとめて、ぶっ殺してやる！」リサが口をはさんだ。

三人はいっせいに笑いだし、抱きあった。ティファニィは涙があふれてくるのを感じて、ぎゅっと目を閉じ、クリスティとリサがこの週末が終わるまでにその声を聞いてくれることを心のなかで祈った。

日曜日の朝の集会で、マーク・オートマンはみんなに向かって、他人との関係はどうなっているかという問いかけをしてきた。これまでに憎しみをいだいた相手はいるか？　まだ許してあげることのできない相手はいるか？　両親にすなおであり、家族の助けとなっているか？　それとも、もらうばかりで、与えることは考えていないのか？

リサもクリスティも熱心に聞いているように見えたし、集会のあと、マークが言ったことを茶化したりはしなかったので、ティファニィはほっとした。が、それはそれ、その日の残りの時間は、三人とも、体を動かして——湖でカヤックに乗ったり、浜辺でバレーボールをしたり、木々の茂る山腹をハイキングしたりして——エネルギーを発散する機会を、存分に楽しんですごした。

そんなわけで、シャワーを浴びて、夕方の集会に出る準備をすませたころには、彼女たちの心は、自分たちの日常のものの考えかたに新たな概念や刺激をつきつけてくる話に対して、開かれた状態になっていた。

この集会では、マーク・オートマンは、イエスはみんなのために迫害を受け、死んだのだという感動的な話を語っていった。すべての男と女に対する大いなる愛と許しゆえに、彼はそうしたのだと、マークは言った。イエスについて語るその口調には、彼はマークが個人的に知っている実在の人物であるような響きがあったので、若者たちはいつの間にか、彼はほんとうに自分たちひとりひとりのために彼自身を犠牲にしたんだと感じるようになっていた。

「今夜はみんなで、〝沈黙の修行〟をしましょう」最後に、オートマンはそう言った。
「集会が終わったら、外に出て、十五分間、ひとりきりになってください。あなたと、神のみに。友だちも抜きで。そして、自分にこう問いかけてください。自分の人生を動かしているのはだれか？　自分なのか、それも神なのか。おそらく、みんなはこの夜、自分の創造者となんらかのやりとりをする必要が出てくるでしょう。さあ、どうか、静かに建物の外に出てください」

全員が押し黙って、三々五々、集会室をあとにする。外に出て、木立のなかへ歩いていくあいだに、リサとクリスティの姿は見えなくなり、小川のそばに丸太が転がっているのを見つけたティファニィは、ひとり、そこに腰かけた。

これは、べつに答えるのがむずかしい問いじゃない。森の静けさが心に染み入ってくるなかで、彼女は思った。これまで、自分の人生を動かしてきたのは自分だし、その人生はめちゃくちゃだった。

ひとりきりだとわかっていても、ちょっぴり気がひけて、彼女はおずおずと声に出してしゃべりはじめた。

「神さま、どうすればあなたと話ができるのか、よくわかりません。わたしの人生に入ってきてくださいとお願いするというのはどういう意味なのか、よくわからないんです。でも、今夜は、あなたがわたしの人生に入ってきてほしいと思っています。わたしの人生はめちゃくちゃでした。どうか、わたしの罪を許してください。わたしの人生を変えてください。あなたのために生きることが身につくように、手を貸してください。あなたがわたしのために死んだということを信じます。あなたが、天国にわたしの家をつくるために、よみがえってきたことを信じます。あなたをお招きします。どうか、入ってきてください」

言うべきことは、もうそれ以上は思いつかなかった。急に、どっと涙が出てきた。身を揺すって、ティファニィは泣いた。涙が涸れるまで、泣きつづけた。そのあと何分か、彼女はそこにじっとすわって、星をちりばめた壮麗な夜空をながめていた。

ふと、あることに思い当たった。

ママとパパに電話をしなくては。

彼女は森を出て、本館のなかへひきかえし、公衆電話が置かれているロビーへ歩いていった。驚いたことに、何人もの若者たちが同じことをするために、そこにやってきていた。みんながみんな、愛する人たちとどうしても話がしたいと思っているように見えた。半時間ほども待ったあと、ようやく彼女は両親に電話をかけることができた。ここで経験したことや、自分の感じたことや、人生を変えたいと思ったことを、両親に懸命に話しているうちに、また涙が出てきて、とまらなくなった。そして、話が終わるころには、彼女だけでなく、両親も泣きだしていた。

が、電話を終えて、ブースから歩きだしたとき、彼女は生まれてこのかた感じたことがなかったほど、しあわせな気持ちになっていた。

20

墓所のような深い地下世界で、〈ザ・セヴンズ〉の面々が穴倉のようなダイニングルームへ移動していく。不釣り合いに大きなシャンデリアがひとつ、天井からぶらさがっていて、そのほの暗い光がそこを影に満ちた場所と化し、実際よりはるかに遠いところに壁があるように見せていた。壁のひとつに深い窪みがあって、暖炉がしつらえられ、太い薪がパチパチと音を立てて爆《は》ぜている。周囲をとりまく暗がりのなかにあって、それは地獄の顎《あぎと》のように見えた。

〈ザ・セヴンズ〉がひとりまたひとりと腰をおろしていき、ウォールナットの大きな丸テーブルの上に何本か置かれているキャンドルの揺らめく光が、彼らの顔を照らしだした。食事のコースが進んでいき、鶉の卵を詰めた猪肉のメインディッシュが終わると、彼らはクリスタルの脚付きグラス《ゴブレット》に注がれたワインを楽しみはじめた。

薄気味のわるい沈黙を最初に破ったのは、メンデスだった。

「これまでにアララトで発見されたものに関しては、ほかにどういうことがわかっている?」

バーソロミューの陰気な声が、それに答える。

「まだ、カリウム40と寿命の長さが関連している可能性を示唆するものだけだ。マーフィーが箱舟発見のための探査を計画していることは、よくわかっている。タロンにはすでに、なにをすべきかを伝えてある」

「で、マーフィー教授に関しては、どうする?」鉈のような鼻と灰色の髪を持つ男が、問いかけた。

「マーフィー教授には、われわれのために……骨の折れる前仕事をやらせることにしている」とバーソロミュー。「むろん、その有用性が失われたときには、彼には消えてもらうことになるだろう」

また全員がグラスを掲げて、乾杯を交わす。

バーソロミューは、機嫌よくほほえみながら薄暗がりのなかに浮かんでいるように見える彼らの顔を、ざっと見渡した。

「過信は禁物だ、諸君。やらねばならないことが、まだ数多くある。究極の支配に至るまでには、まだ多くの段階が残っているんだ。一例を挙げるならば、われわれは普遍的な商業システムを創設しなくてはならない」

ついで、イギリス人の男が話をはじめた。その男、サー・ウィリアム・マートンは、いささか肥満気味のイギリス人聖職者で、一見したところでは、人畜無害に見える。いまのように、白い襟の付いた黒のシャツを着ていると、とりわけそのように見えた。だが、話をつづけるうちに、そのイギリス風のアクセントは消えていった。そして、持ち前の深い声がさらに奥深い響きを増して、部屋のなかに不気味にこだまするようになった。テーブルをかこんでいる者たちは、揺らめく灯りを受けたその目が、いくらか血走っているのを見てとっていた。

「だが、失策を犯さなければ、ことは着実に進行するだろう。われわれの目標に向けての偉大な段階が、ひとつひとつ進んでいく。すでに百三十八ヶ国の指導者たちが、世界法廷の設立を支持する文書に署名をしている。欧州連合《EU》は、単一国家に近い存在になりかけている。国連をイラクへ移転させるための種は、すでに蒔かれた。遠からず、オイルマネーが国連の財源を潤すようになるだろう。すべてが、われわれの計画したとおりに運んでいるのだ！」

話が本題にさしかかったことで、マートンの声にいっそう力がこもってきた。

「キリスト教信仰は、アメリカのみならず、全世界で非難にさらされている。われわれの影響力が浸透すれば、まもなく、その信仰は不寛容と残忍性の異名となるだろう。その終焉を告げる鐘の音が鳴り響いていることはまちがいない。そして、われわれの奉ずる唯一の世界宗教が、あとを引き継ぐべく待機しているのだ！」

つづいて、緑色のドレスをまとった、かすかなドイツなまりのある女が、話をはじめる。

「同感ね、ウィリアム。われわれの計画は、全面的な進捗を見ているわ。バリントン・コミュニケイションズと、ケーブルテレビ・ニュースに対するわれわれの影響力の行使を通して、計画はメディアの世界で地歩を築きつつある。福音主義キリスト教が退潮にあることはまちがいない。そして、すべての商業活動を単一のシステムのもとに支配するというわれわれの計画は、順調に進んでいる。ひとつの世界政府、ひとつの世界宗教。すべてが、すでにわれわれの掌中にあるわ」彼女はバーソロミューにうなずきかけた。「といっても、もちろん、われわれはなにひとつ、手をゆるめてはならない。目標へ向けて、最大限の効率でもって仕事を進めなくてはならないの」

そこで、彼女はいったん口をつぐんで、ワイングラスをじっと見つめた。なにごとか思案にふけっているように見えたが、しばらくすると、彼女はグラスから目を離して、バーソロミューを見やった。

「でも、きっと、あのことを思案しているのは、わたしだけではないんでしょうね……われわれを導くことになる人物のことを。あなたにはわかってるはずよ、ジョン。きっと、なにかをつかんでるはず！　いつ、彼はやってくるの？　いま、彼はどこにいるの？」

彼女はヨーロッパでも屈指の銀行家であり、十億ドル単位のカネが動く決断を顔色ひとつ変えずにやってのける女だが、その彼女がいま、子どもっぽいといっていいほどの切望感をにじませた声で問いかけていた。バーソロミューは、それを知りたくてたまらない気持ちでいるのは事実、彼女だけではないことがわかっていたから、同情を禁じえなかった。

彼は胸の前で両手の指さきを合わせた。

「その熱い思いは、よく理解できる。われわれはひとりの例外もなく、彼と面と向かい、彼の声をわが耳で聞く日が来ることを、熱望している。その日は、必ず来る。それも、すぐに！　だが、その時が到来するまで、われわれは忍耐強く備えを整えつつ、おのれを律していなくてはならない」そこで、彼は笑みを浮かべた。「われわれには、その日が、ましてやその時刻がいつであるかは、知りようがないが……案ずることはなにもない。彼はすでに動きだしている。いま、この時も、われわれのもとへ近づきつつあるのだ！」

彼は立ちあがって、グラスを掲げ、ほかの面々もそれに倣う。無言で乾杯を交わし、ワインを飲みながら、彼らはそれぞれ、バーソロミューが故意に言い残したことばを頭のなかに思い浮かべていた。

反キリスト——キリスト再臨の前にこの世に悪を満たす者。

そのあと、彼らは順に向きを変えて、グラスを暖炉に投げこんだ。ガラスの割れる音と、残っていたワインが炎のなかで蒸散する音が、この世の終わりを告げる音のように響きわたる。

21

シャリが、古代エジプトのパピルスの巻き物に湿り気を与えるために、与圧チェンバーのなかに入れようとしている最中に、電話が鳴った。

彼女は慎重にそれをチェンバーの前にある作業台の上に置いて、マーフィーのデスクのほうへ歩いた。

「もしもし、マーフィー教授のオフィスですが、どのようなご用件でしょう?」

電話の向こう側は沈黙している。

「もしもし、どちらさまですか?」

あいかわらずの沈黙。だが、シャリは、だれかがそこにいて耳を澄ましているにちがいないという、いやな感触を覚えていた。沈黙はいつまでもつづいて、耐えがたいほどになり、それとともに、そのいやな感触も強まってきた。気がつくと、彼女は受話器を耳に押しつけたまま、話すことも切ることもままならず、根が生えたようにその場に立ちつくしていた。

が、しばらくしたところで、シャリはふと、電話をかけてきた人間の正体に思い当たった。一片の疑いもない。彼女は受話器をそっとデスクに置いて、隣の部屋へ歩いていき、咳ばらいをしてマーフィーの注意を促した。

「電話か？　わたしが出る必要のある用件なのかな、シャリ？」

彼女はうなずいた。

「だれから？」

彼女は自分の靴を見つめた。

「ええと、なにもおっしゃいません」

マーフィーはいぶかしげに彼女を見てから、布切れをとりあげて手をふき、受話器のほうへ歩いていった。

「はい、マイクル・マーフィーです」

ひと呼吸あったのち、電話の向こうから声が聞こえてくる。

「ほほう、マーフィー。もう身はすっかり乾いたかね？　まだ、ちょっぴり湿気ているとか？」

「メトセラ！」マーフィーはぎゅっと受話器を握りしめた。「こっちはあやうく、あの洞穴で死ぬところだったんだぞ！」

「やれやれ、若いひとたちには、もう少し自分の行動に責任を持つようにしてもらいたいものだ。あれはきみの選択だったのだよ、マーフィー。いろいろと危険があることはわかっていたはずだ。ルールは心得ているのだからね」くすくす笑い。「とはいうものの、今回は、いささか手荒ではあったかな。実際、きみがあの場所から脱出できたというのは、いささかどころではない驚きだった。おまけに、かわいい二匹の子犬まで連れだしてやるとは。ああいう心の軟弱さが、いつかきみの身の破滅を招くことになりそうだな」

「まあ、あんたはそういうことは気にかけないというのはたしかだよ」うなるようにマーフィーは言った。

「抑えて、抑えて、マーフィー。もしわたしという存在がなければ、どうだったろうか？　きみがあのおおいに興味深い木片を手中におさめられなかったことは、まずまちがいのないところではないかね？」

マーフィーがなにも言わずにいると、メトセラは、またいつもの低くしわがれた笑い声を立てはじめた。

「あれを失ってしまったなどとは言わんでくれよ、マーフィー。きみがあれほど苦労して手に入れたしろものだ。あれを手に入れるには、わたしも大変な苦労をしたのだからな！」

「おふざけはやめてくれ、じいさん。複数の人間が殺されたんだ。わたしの友人も、すんでのところで――」

「わかった、わかった」メトセラがさえぎる。「あれは残念至極、残念至極だ。いやはや、きみは、わたしが電話をしたわけもわからんほどのばかなのか？　きみの健康状態をたずねるためではない。こっちは、そんな暇なことはしていられないからね。あの財団のオフィスに強盗が入ったと聞けば、天才でなくても、答えはわかる。あの流木のかけらが、そしてその秘密のすべてが、失われたということだ。これすなわち、きみにはまた、ちょっとした助けが必要になるということでもある。自分の流儀でやるにしても、ひとつふたつ、追加の手がかりがあったほうが助けになるだろう」

自分の流儀でやることにメトセラの助けを受けるというのは、ひどく不愉快な展開になっていきそうな気がしたが、とにかく、溺れる者はわらをもつかむだ。いまの時点では、メトセラがすべてのカードを握っているのではないだろうか。

「オーライ、メトセラ。つづけてくれ。傾聴させてもらおう」

「もっと熱が入ってもよさそうなものだがね、マーフィー。それと、感謝の念も。これは、ただでくれてやるのだぞ。生命や手足を失う危険もない」

「なんともありがたい話だね」うめくようにマーフィーは言った。

「わたしの腕時計によれば、そろそろ十時になる、マーフィー。じき、フェデックスの荷物がそこに着くはずだ。手がかりがほしければ、その指示に従うように。幸運を、マーフィー」

マーフィーは、いったいどういうことなのかとメトセラに問いかけようとしたが、すでに電話は切れていた。

目をあげると、すぐかたわらにシャリがいた。目を見開いて、喉もとにぶらさがっている十字架をそわそわと指で撫でている。

「あの男、なにをもくろんでいるんです？」

マーフィーは腕時計に目をやった。

「あのじいさんのことだ、なんとも言いがたい。とにかく、すぐにまた、びっくり荷物が到着するはずなんだ」

シャリは胸の前で腕を組んだ。

「ほんとは、先生はそんな手にのっちゃいけないと――」

ドアをノックする音が、彼女の話を中断させる。マーフィーが眉をあげてみせると、シャリはため息をついて、ドアのほうへ足を運んだ。フェデックスの配送員が待っていた。荷物を受けとったシャリは、しかめ面でそれをマーフィーに手渡し、彼が開封するさまを不安げに見つめた。なかから、縦横三インチと五インチほどのカードが滑りでてくる。

円のなかに矩形……。

きみの求める答えはそこに見いだされる。

モアヘッドシティ　イーストウォーターストリート　7365

マーフィーは、そう書きつけられているカードをシャリに手渡した。

「どういう意味でしょう?」と彼女が問いかけてくる。

「それを知る方法はひとつしかない」マーフィーは上着をひっつかんだ。


ローリーからニューバーンを経てモアヘッドシティまで車で行くならば、その距離はおおよそ百三十マイル。その移動に費やす二時間を、マーフィーはメトセラの書きつけのことを考えることにふりむけた。

なぜ、メトセラはモアヘッドシティという場所を選んだのか?

マーフィーは記憶を探って、ノースカロライナ州クリスタルコーストの歴史をふりかえってみた。たしか、モトリー・モアヘッドが州知事に就任したのは、一八四〇年の初めだった。ただの港町であったところを商業都市に発展させようとした。その町は、ニューポート川とビューフォート入江が出会う、シェファーズ・ポイントという理想的な場所に立地していた。ところが、南北戦争が勃発して、その計画は中断し、壊滅の憂き目にあったのだった。そのときふと、マーフィーは、モアヘッドシティには約束の地《プロミスト・ランド》という地区があることを思いだした。シャクルフォードバンクスという島にあった捕鯨集落を放棄したひとびとが移り住んだ場所だ。

約束の地！　手がかりは、旧約聖書と関係したものであるにちがいない。まあ、少なくとも、とっかかりにはなるだろう。マーフィーはそう確信した。

目当ての街路に到着して、少し車を転がしてみると、あのカードに記されていた住所が見つかった。そこにあったのは、南北戦争のころに建てられたもののように見える、円形の古びた倉庫だった。赤煉瓦の塀のなかに、大きな木の扉のある積み降ろしプラットフォームがいくつも並んでいた。トラックが発明される前は、そのプラットフォームのところに荷馬車隊が待機していたのにちがいない。がらんとした穴倉のような場所を見渡しながら、マーフィーは思った。

いまは、その積み降ろし場は無人で、乗用車もトラックもない。そこを照らしているのは、木の階段をのぼっていったところにあるドアの上方にぶらさがっている電球だけだ。闇のなかにぽつんと光るその灯りは、こちらの入来を促しているようだった。

マーフィーは懐中電灯をとりだして、円形の建物の周囲を歩いてみた。妙なものも場ちがいなものも見当たらない――たんに古いだけだ。灯りのある階段の前で立ちどまって、周囲を一瞥する。そして、ひとつ深呼吸をして、緊張を解いてから、階段をのぼっていった。ひと足ごとに、階段のきしむ音が建物にこだました。ドアの取っ手に手をのばし、それをまわしてみる。鍵はかかっていなかった。

ドアを開けると、そこはひろびろとした倉庫室になっていた。中央にボクシングのリングがあって、その真上に電球がひとつぶらさがっている。リングの四面に向きあって、折りたたみ椅子が並んでいた。そこをのぞいて、部屋のなかは闇に包まれている。

マーフィーは、そのがらんとした暗がりを懐中電灯で照らしてみた。だれもいない。が、オフィスのような部屋に通じているにちがいないと思えるドアが、いくつも並んでいるのが目に入った。どのドアも閉じられている。

きっと、ここは非合法の賭け試合につかわれていたのだろう。

マーフィーは、そろそろとボクシングリングのほうへ近寄っていった。リングのまんなかに、一通の封筒があった。リングの端に懐中電灯を置いて、ロープのあいだをくぐりぬける。封筒のなかには、翼をひろげた天使を繊細な線で描いたスケッチがあった。

なにを意味するのだろうと考えをめぐらせていると、闇のどこかから咳ばらいの音が聞こえてきた。

「それと格闘する時間はたっぷりとあるぞ!」メトセラの耳障りな笑い声が部屋のな

かに響きわたった。

そのとき、背後に物音を聞きつけて、マーフィーはそちらに向きなおった。巨漢がひとり、ロープをくぐりぬけてくる。男がまっすぐに立ちあがって、一歩、足を踏みだしたとき、マーフィーは足もとが揺れるのを感じた。巨漢は、筋肉隆々とした体をしていることがはっきりと見てとれる、ぴったりとしたストライプのレオタードを着ていた。ワックスでかためた口ひげに、剃りあげた頭という風貌が、時代遅れのサーカスの怪力男を連想させる。マーフィーの思考を読みとったように、男はにやっと笑って、腕を曲げ、二頭筋を盛りあげてみせた。

これはボクシングのリングではなく、レスリングのリングだったのか！　道理で、マットがやわらかすぎたはずだ。

「今回は、ただでくれてやるという話だったぞ、じいさん！」マーフィーが不平を鳴らしたとき、巨漢がまた一歩、足を踏みだしてきた。

「そんなものがあるわけがない、マーフィー！　それぐらいのことは、とうにわかっていてしかるべきだ」メトセラの甲高い哄笑。「このごろのテレビは退屈だから――自分でお楽しみをつくるしかないだろう。そうは思わんか？」

なにかきついことばを返してやろうかとマーフィーが思ったとき、巨漢がつっこんできて、三百五十ポンドの筋肉と骨のかたまりが、強力な蒸気ローラーのように胸にたたきつけられてきた。ロープにふっとばされたマーフィーは、しばらくそこにひっかかったまま、荒い息をついていた。その間、巨漢は無人の観客席から幽霊の喝采を浴びてでもいるかのように、両手を高々と掲げて、リングのなかをうろつきまわっていた。

マーフィーは必死に考えていた。どうすれば、この河馬のような大男を相手に、武道の稽古で習得した技を応用できるだろうか？　一発のボディスラム、一度のベアハッグで、こちらは死んだも同然になる。この巨漢に接近を許せば、ものの数秒で一巻の終わりだ――とはいっても、相手の手の届かない距離を保ったままで、いったいどうやってやっつけられるというのか？

そのとき突然、巨漢が咆哮をあげ、マーフィーには考えている時間などなくなってしまった。波打つストライプのかたまりが、こちらに突進してくるのが見えた。

マーフィーは反射的に左へ身を転じ、巨漢のこめかみを狙って回し蹴りを放った。が、すごい衝撃が返ってくるだろうと身構えていても、その脚は太い前腕によって弾きかえされ、相手の手がこちらのシャツの胸倉をひっつかんできて、つぎの瞬間、マーフィーはぼろ人形のようにくるくると宙を舞っていた。

ドンとキャンヴァスの上に落ちたとき、メトセラの狂気じみた歓呼の声が聞こえてきた。

「ブラヴォー！　ブラヴォー！　さあ、マーフィー、立つんだ。こちらが注ぎこんだカネに見合うだけのことをしてくれ！　そこにずっと倒れていたら、わが特大の友人はきみを虫のように押しつぶさざるをえなくなるではないか！」

マーフィーが目をあげると、巨漢が、まさにそのとおりのことをしようと考えているような感じで、リングの端からこちらへ悠然と進んでくるのが見えた。マーフィーは左の肩を、いかにもそこを痛めたかのようにつかんで、よろよろと立ちあがった。作戦の最初の部分だけは、頭のなかでかたちになっていた。

あとは、この巨漢が、雇い主を楽しませるためにわざと時間を引きのばしてくれるのを願うしかなかった。

翼を折った小鳥を目にした猫のように、巨漢がにやりと笑い、それを見たマーフィーは、なんとしても必要な勇気をいくらかはふりしぼることができた。もしこいつが、わたしはひどいけがをしていて、もはや恐るるに足りないと考えているようなら、防備をいくぶんおろそかにするかも――

最後まで考えている時間はなかった。そのとき、巨漢にあっさりとすくいあげられて、頭上に高々と持ちあげられてしまったのだ。巨漢はマーフィーの体をバーベルのように掲げたまま、餌食をとらえたことをリングの四面に向かって誇示し、マーフィーは、酔っぱらった観客たちの騒々しい野次や嘲笑が耳のなかで鳴り響いたような気がした。

と、にわかにキャンヴァスがこちらに迫ってきて、体が情け容赦なくそこにたたきつけられていた。その勢いはすさまじかったが、マーフィーはあらかじめそれに備えて、可能なかぎり体の力を抜いていたので、その衝撃で息がとまるようなことはなかった。このようなとき、衝撃に備えて全身の筋肉が緊張するのが本能的な反応だから、この技術は習得がむずかしいのだが、さいわいなことに、これもまた、マーフィーが困難を乗りこえて身につけることができた技術のひとつだった。

五年前、上海の郊外で考古学の発掘をおこなっていたとき、マーフィーはテレンス・リーという、広東の考古学専攻の学生と友人になった。マーフィーは、自分の知っている最新の考古学の技法をよろこんでその若者に教え、それに対する感謝のしるしとして、リーはその家系に伝わるカンフーの技を――グウェイロ、すなわち外国人にはめったにあずかれない名誉だが――実地に教えこんでくれたのだ。

その稽古の初日、驚いたことに、リーは鶴や虎のような姿勢はとらず、酔っぱらいのようによろよろと歩きながら、パンチを当ててみろと促してきた。言われたようにしてみたところ、それがひどくむずかしいことがわかって愕然とし――そのあと、狙い澄ましたかかとの一撃をこめかみに食らって、マットに這いつくばることになって、さらにまた愕然としてしまった。

酔っぱらいの闘いかた、つまり酔拳の秘密は、リーが笑顔で説明してくれたところでは、このようなものだという。敵は、闘いをはじめる前から、すでに勝ったつもりでいる。酔っぱらいは、倒れるとき、ぼろぎれのようにぐんにゃりとなる。けがをすることはない。立っているときの酔っぱらいは、風に揺れる苗木のようなもので、パンチを当てるのがむずかしい。そして、酔っぱらいが打ってくるとき、それは予期しがたいものとなる。

　マーフィーはいま、その酔拳の技術を試す究極のテストを受けているようなもので、片足をもう一方の足の前に出すことすらおぼつかない男のように、ふらふらとリングのなかを歩きまわっていた。すでに何度も打撃を食らっているから、当然、ゼリーのようにぐしゃぐしゃにされているはずだった。だが、意図的に全身の力を抜いていると、巨漢が浴びせてくる打撃を吸収してしまうことは、驚くほどたやすかった。

「外出して、酔っぱらうと、どうやって家に帰ったかもわからなかったりする。絶えず、転んだり、電柱や壁やなんだかんだにぶつかったりする。それでも、翌朝、目が覚めたら、どこもなんともない！　骨一本、折れていない！　ひどい頭痛はあるかもしれないけどね。これが、酔拳の秘密なんだ」リーはそのように説明した。

「残念ながら、わたしはルートビアより強い飲みものは飲んだことがないんだ」とマーフィーは応じた。「だから、きみの言うことをそのまま受けとっておくしかなさそうだね」

もし、これをぶじに生きのびられたら、とマーフィーは胸の内で思った。来週にでも、テレンス、うそじゃなく、ディナーをおごらせてもらうよ。

マーフィーはまたのろのろと立ちあがり、片手はだらんと体のわきに垂らしたまま、もう一方の手でロープをつかんで、身を支えた。巨漢はにやにやしながら、いもしない観客に向かってボディビルダーのポーズをとったり、手をふったりしながら、ゆっくりとリングのなかをまわっている。たいした演技だ、とマーフィーは思った。こちらの演技をあちらは真に受けていることを願うとしよう。つぎは、あいつは殺すつもりで襲ってくるだろう。

またマーフィーの思考を読んだかのように、巨漢がくるっとふりむき、険悪な目つきでにらみつけてくる。マーフィーはごくんと唾を飲んだ。右側の奥のほうから、のんびりと一度、手をたたく音が聞こえてきた。

あれが合図だ。

マーフィーがわざと大げさにうめいたとき、巨漢がリングの反対側のロープにぐいと身をもたせかけて、息を吸いこみ、突進を開始した。一歩、二歩、三歩と、大きな歩幅でもって、暴走列車のような勢いで迫ってくる。マーフィーは息を詰め、ぎりぎりの瞬間まで待ってから、ひらりと左方へ身を躍らせ、回転しながら右足を大きくふりまわして、かかとを巨漢の後頭部にたたきこんだ。抵抗があるとはまったく予期していなかった巨漢は、完全に意表を衝かれ、もののみごとに直撃した蹴りによって、突進の勢いに弾みがついたために、キャンヴァスから足が浮いて、リングの外へすっとんでいった。体がロープの上から宙に浮いたときには、すでに意識はなかったにちがいない。

巨体が椅子の上に落下したときの落雷のような轟音は、ただのお添えものにすぎなかった。

激突地点のあたりから、メトセラが悲鳴をあげて逃げだし、出口のひとつへ駆けていく音が聞こえてくる。

息絶えだえになりながら、マーフィーは叫んだ。

「いまの動きは全部、まやかしだったんだぞ、メトセラ！　わからなかっただろう？」

ドアが閉じる音が届き、マーフィーはキャンヴァスにへたりこんだ。これは演技ではなかった。肝に銘じておけ、と彼は思った。こんどまたメトセラの荷物がデスクに届いたら、差出人不明として返却してしまうんだ。自分の体があのじじいのくりだす奇襲をあと何度、受けとめられるかはわからないが、ものには限度というものがある。だいいち、今回のは、メトセラのお楽しみのためだけにやらされてしまったのだから、腹に据えかねた。

それでも、車へひきかえす途中、あの酔拳の技術のおかげで、ひどいけがはなにもしていないことがわかって、マーフィーはうれしい驚きを味わうことになった。一両日は痛い思いをするだろうが、二、三の筋肉が引きつっていて、ちょっと打ち身ができているだけのことで、脱臼などはどこにも起きていない。

帰途の車中、マーフィーはたっぷりと時間をかけて、さっきの奇妙なレスリング試合のことを考えてみた。メトセラはこれまでは、ひねくれたものであるにせよ、みずからの決めたルールを守ってきたが、ここにきて、ついにルールに従うことはやめてしまったように思える。こちらはしごくまっとうに闘って、試合に勝ったというのに——メトセラが戦利品を与えるためにあの場に残らなかったというのは、明らかに、こちらの勝ちを予想していなかったということだ。おかしい。じつにおかしい。すでに戦利品をもらっているということなら、話は別だが。

マーフィーはもう一度、ことの詳細を逐一、頭のなかで再現してみた。プロミスト・ランド——約束の地。これは、旧約聖書の話に出てくるものだ。それから？　そう——あのスケッチ。翼をひろげた天使。これは、旧約の天使ということでいいだろう。それでもまだ、推理の幅はろくに狭まりはしない。

さて、ほかになにがあるのだろう？

いらいらしてきて、彼はハンドルを指でとんとんたたきはじめた。あのスケッチには、なにかほかの意味があるのかもしれない。あれを持ってきていたら、もっとじっくりと調べることができただろうに。いや、あの人殺しの好きそうな巨漢と十ラウンドぶんも闘うはめになったのだから、とてもそれどころでは――

それだ！　レスリングの試合。旧約のなかで、天使と格闘をしたのはだれだ？　ヤコブ。

では、ノアの箱舟と関係のあるヤコブとは、いったいなんなのか？　やっと、頭の回転が快調になってきた。アララト山のふもとにある聖ヤコブ修道院をおいてほかに、なにがありえようか？

マーフィーはガソリンスタンドに乗り入れて、携帯電話でイシスに電話をかけた。

彼女は、こちらの声を聞いてよろこんでいるように思えた。

「ずっとトレーニングに励んでるのよ、マーフィー。アララトに着いたら、覚悟を決めることとね。頂上まで、あなたと競争して――負けたほうがディナーをおごるの」

マーフィーはにやっと笑った。

「こっちはいま、だれかれかまわず、ディナーをおごりたい気分なんだ」

「どうして？」

「まあ、それはいいから、話をよく聞いてくれ。国立公文書館と議会図書館に出向いて、ニシビスの聖ヤコブとトルコの聖ヤコブ修道院に関する資料を、できるかぎりたくさん見つけてきてくれないか？」

「それはかまわないけど、なぜ？」

「まだ、はっきりとはしないけど」とマーフィーは応じた。「重要なものである可能性があるんだ」

オフィスに帰り着いてみると、シャリはもういなくなっていた。マーフィーは、手持ちの書籍のなかで、ノアの箱舟に関係のあるものをあたって、聖ヤコブに言及している記述を調べてみた。あの修道院が一八四〇年に地震で破壊されたことは、とうに知っている。アホーラ峡谷に生じた地滑りで、修道院は地中に埋まってしまった。そこにあった古代の書籍や文書は、そして人工遺物もまた、そのときに失われてしまったのだ。

やがて、夜も遅くなったころ、電話が鳴った。

「マイクル！　聖ヤコブと修道院に関する資料をあたってみたわ。残念ながら、ろくになかったけど」

マーフィーは落ちこんだ。まちがった手がかりを追ってしまったのか？

「でも、一冊、かなり興味深い書籍を見つけたの。サー・レジナルド・キャルワースが一八三六年に書いた旅行記。そのなかのひとつの章で、彼は、聖ヤコブ修道院を訪れて、カルタバル司教と話をしたと記しているの。司教は、彼がそこの書庫の古代文書を読むことを許可したみたい。彼はまた、ある特別な部屋へも案内されていて、彼はそこをノアの箱舟の宝物が保管されているところと書いているの。書籍の記述によれば、箱舟から持ちだされたものだとそこの聖職者たちが主張している物品の数は、五十をこえるわ」

マーフィーは思わず口笛を吹き、どのような物品だったのだろうと思いをめぐらせた。

「でも、肝心なのは、そこのところじゃなくて」とイシスがつづける。「キャルワースの記述のなかに、一ヶ所、なんていうことはなさそうなんだけど、目を引かれる部分があったの。そのまま引用してみるわね。〝宝物の部屋をあとにしたとき、司教はわたしに、厚意のしるしとして、文書と遺物のいくらかをエルズルムの町へ送付すると言ってくれた〟」

「ほんとうか？　そのエルズルムの町のどこにあるのかは、記されていない？」

「ええ。その章のあとは、またサー・レジナルドの記述は、その土地の植物相や動物相、文化や住民、気象やなんだかんだに戻っているの」

「エルズルム」マーフィーはおうむがえしに言った。「もしかすると、秘密は山の上にあるのではないのかもしれないな」

22

「よおし、みんな、提出してくれ。おかしなまねはするんじゃないぞ」

学生たちが笑いながら、順にマーフィーのところにやってきて、宿題を手渡し、講義室の各自の席へ戻っていく。マーフィーは感心していた。全員が、なにがしかのことを書いているようなのだ。どうやら、ノアの箱舟と洪水という主題は、彼らの想像力をおおいにかきたてたらしい。

「だれか、みんなに教えてやりたいと思うような興味深いことがらを発見したひとはいるかな?」

マーフィーの右手にあたる席で、手が挙がった。

「うん、ジェローム!」

「マーフィー先生、聖書を調べたところ、ノアは最高の財務家であることがわかりました。全世界が破産《リキデイション》したのに、彼はすべての株《ストック》を上場《フロート》していたんです!」

マーフィーはにやりとした。なるほど、リキッドは液体だから、リキデイションは水浸しという意味にとれなくもないし、ストックには家畜という意味が、そしてフロートには浮かべるという意味もあるから、それなりに筋は通っている。ジョークを飛ばすのは、学生たちがちゃんとまじめな問題にも気持ちを向けてくれているかぎり、どうということはない。話をやんわりとそちらの方向へ持っていこうかと思っていると、このクラスの道化役、クレイトンが発言を求めてきた。みんながジョーク合戦をしようとしているときに、自分がサイドラインの外にとどまっているわけにはいかないということか。

「マーフィー先生、ノアの箱舟ではカード遊びはできなかったことを突きとめました。ノア夫人がカードの山《デッキ》にすわって、見張っていたからです！」

全員が、おもしろくないと言いたげなうめき声をもらした。

「いや、まあ」マーフィーは口を開いた。「みんなが、宿題にもジョークを考えるのと同じくらいの時間と努力をふりむけてくれたら……こっちは大変だからね！」どっとあがった笑い声が静まるのを待ってから、話をつづける。「だれか、まじめなほうの発言をしたいひとはいるかな？　うん、ジル！」

「マーフィー先生、科学者があちこちの山の高いところで海生生物の化石を発見していることを知って、びっくりしました。その事実は、地球のすべての山をおおうほどの全面的な洪水があったという考えを裏づけるものだと思います」

彼はうなずいた。

「サム、きみも発言したいと?」

「はい。ぼくの調査でも、ジルと同じようなことが見つかりました。アララト山の近辺にある山脈の標高一万フィートのところで、海生生物の化石が発見されています。その山脈は、ペルシャ湾から三百マイルの内陸に位置しているんです」

またひとつ、手が挙がった。

「標高五千フィートのところにあるドウバヤジット・ホテルの裏手で、カシパンウニとハマグリの化石が発見されたという記事が見つかりました。ドウバヤジットはアララト山のふもとの町です。その記事のなかで、トルコの内務相と国防相が、タツノオトシゴなど、海を起源とするさまざまな生物の化石が、アララト山の標高一万四千フィートのところで発見されていると述べているんです」

「マーフィー先生!　ぼくもいい情報を見つけました。オランダの雪氷学者、ニコラス・ヴァン・アークルが、アララト山のアホーラ峡谷の西端にある平たい岩の近辺で魚や貝の化石を写真に撮っているんです」

講義室のいたるところで、つぎつぎに手が挙がりはじめる。マーフィーはおおいに満足して、ひとりうなずいた。まちがいなく、学生たちは想像力をかきたてられたのだ。

ドン・ウェストが手を挙げた。

「マーフィー先生、ぼくは、世界のあちこちで語り継がれてきたさまざまな洪水伝説を調べてみました。すると、驚いたことに、世界規模の洪水の物語が、なんと五百以上もあったんです。いちばん有名なのは、ギルガメシュ叙事詩だと考えますが」

「その考えは、ドン、正しい。あの叙事詩の記述は、聖書にある洪水の記述に驚くほどよく似ている。じつのところ、両者をくらべてみるためのプリントを用意してあるんだ」

シャリが学生たちにプリントをまわしていく。

	創世記	ギルガメシュ
洪水の範囲	地球規模	地球規模
原因	人間の悪行	人間の罪
その対象となったのは？	全人類	ひとつの都市および全人類
発動者	ヤハウェ（神）	〝神々〟の集団
英雄の名	ノア	ウトナピシュティム
英雄の性格	高潔	高潔

伝達の方法	神より直接	夢のなか
舟の建造を命じられたか？	命じられた	命じられた
英雄は不平を言ったか？	言った	言った
舟の高さ	数層	数層
内部の区画	多数	多数
扉	ひとつ	ひとつ
窓	少なくともひとつ	少なくともひとつ
外部の塗装	ピッチ	ピッチ
舟の形態	矩形	方形
人間の乗船者	家族の成員	家族および少数の友人
その他の乗船者	全種類の動物	全種類の動物
洪水の手法	地下水／雨	豪雨
洪水の期間	四十昼夜	六昼夜という短期
陸地発見の試み	鳥を放つ	鳥を放つ
鳥の種類	鳥および三羽の鳩	鳩、燕、烏

箱舟の漂着地	アララト山	ニジール山
洪水後の供犠	有。ノアによる	有。ウトナピシュティムによる
洪水後の祝福	有	有

学生たちに目を通させながら、マーフィーは講義をつづけた。

「ギルガメシュ叙事詩は一八七二年に、ジョージ・スミスというイギリス人銀行員によって発見された。彼は余暇を利用して、ペルシャ湾に近い古代アッシリアの首都、ニネヴェで発掘された石板の、四千年前に刻まれた楔形文字の解読に励んでいた。そして、その困難な仕事を十年間にわたってつづけ、ついに、そこに記されているのはウトナピシュティムという名の人物にまつわるギルガメシュ叙事詩であることを発見した。そのプリントにあるとおり、その叙事詩は聖書の話にとてもよく似ているんだ。

さて、地球規模の洪水に関する物語は、ギルガメシュ叙事詩だけでなく、全世界のきわめて多数の国で世代をこえて語り継がれてきている。それらの伝承は、細部ではそれぞれ異なった点が多々あるにしても、いずれの文化においても、過去のある時点で地球規模の洪水が生じたという信仰を含んでいることは否定できない。そのような洪水の伝承がある国や住民、そして古代の著者についての部分的なリストも作成しておいた。シャリ、そのプリントをまわしてくれないか？」

中東およびアフリカ　バビロン、バペディ、中央アフリカ、カルデア、エジプト、ホッテントット、ジュマラ族、南コンゴ、マサイ族、オチ族、ペルシャ、シリア

太平洋諸島　アラムブラック族、セラム島アルフール、アミ族、アンダマン諸島、オーストラリア、ブンヴァ、西イリアン（旧オランダ領ニューギニア）、東インド島、エンガーノ、ファルウォル族、フィジー、フローレス島、台湾、ハワイ、カビディ族、クルナイ族、リーウォード諸島、マオリ族、メラネシア、ミクロネシア、ナイス、ニューブリテン、オセイテ島、オトダノム（旧オランダ領ボルネオ）、ポリネシア、オーストラリア・クイーンズランド州、ロッティ族、サモア、シーデュアク、スマトラ、タヒチ、トラジャ、ニューギニアのヴァルマン族

極東　バーナラ、インド・ベンガル州コウル族、マレー半島のベヌア・ジュクン族、バガヴァッタ、中国、シグポー、インド、ミャンマーのカレン族、マハーバーラタ、マツヤ、パキスタンのスダン族、タタール族

ヨーロッパおよびアジア　アパメア、アポロドーロス、アテネ、ケルト、コス島、ク

レタ島、ディオドロス、ドルイド教徒、フィンランド、ヘレヌコス、アイスランド、ラップランド、リトアニア、ルキアノス、メガロス、ノルウェイ、オギュゴス、オウィディウス、ペリロース、ピンダロス、プラトン、プルタルコス、ロードス島、ルーマニア、ロシア、サモトラケ島、シベリア、シソニア半島、テッサロニキ、トランシルヴァニア、ウェールズ

北アメリカ アカヒーメン族、アリューシャン・インディアン、アルゴンキン族、アパラチア・インディアン、エスキモー、アサパスカ族、ブラックフット・インディアン、チェロキー族、チペワイアン族、クリー族、ドグリブ族、アレウト族、フラットヘッド族、グリーンランド、イロコイ族、マンダン族、ネズパース族、ピマ族、スリンカット族、ヤキマ族

中央アメリカ アステカ族、アンティル諸島、カナリア諸島、キューバ、マヤ族、メキシコ、ムラト（白人と黒人の混血）集団、ニカラグア、パナマ・インディアン、トルテカ族

南アメリカ アベデリー族、アシャウォ族、アラワク族、ブラジル、カイングア族、

カラヤ族、インカ族、マクシ族、マイプレ族、オリノコ・インディアン、パマリ族、タマナク族

「それにあるように、数多くの民族集団が洪水の伝説を文化のなかに継承している」

マーフィーが話している最中に、何人かが講義室に入ってきた。そのうちのふたりは、遅刻して、おどおどと入ってきた学生だとわかった。第三の人物はというと、見覚えのある男ではあるようだった。背が高く、ひどく押しだしの強そうな顔立ちをしている。仕立てのいい、ブルーのピンストライプのスーツを着ていて、スポーツ選手のようないい体格をしていた。講義室の後部へ歩いていくその男を、マーフィーは目で追った。男が後ろの壁に身をもたせかけて、こちらに顔を向けてくる。サングラスを外すと、灰色の目をしていることが、遠くからでも見てとれた。

知った男だ。なんという名前だったか？

マーフィーは、前列の学生に注意を引きもどされた。ポール・ワラックが手を挙げている。シャリが、ちょっと気づかわしげな顔をしていた。

「うん、ポール」

「異なった集団が似たような伝説を持っているのは、部族のだれかが別の国へ旅をしたからかもしれないのではないですか？　もしかすると、だれか宣教師が洪水のこと

を告げてまわったために、異なった集団が洪水の伝説を持つようになったとか?」

マーフィーはうなずいた。

「その可能性はあるだろう。しかし、そうだとすると、それはとほうもない大旅行になるだろうね、ポール。それに、たとえば、パプアニューギニアのジャングルに住む部族のだれかが、それほど遠方に旅をしたというのは、ちょっと考えにくい。あの国だけでも、八百六十にのぼる言語があるんだからね。また、宣教師が世界を巡回したとすれば、総計百三十もの言語に聖書を翻訳したということになるし、それだけでなく、新たに発見された部族までが洪水の伝説を持っていたりするんだ。

一例を挙げてみよう。パプアニューギニアの西地区に、サモ・クボと呼ばれる部族がいる。あるとき、宣教師たちがその辺境の部族を訪れてみると、彼らが洪水の伝承を持っていることがわかった。その部族のひとびとは、トカゲを怒らせたら、また洪水がやってきて、世界はふたたび破滅すると信じていたんだ。もし、その前に別の宣教師たちがそこに来ていたのだとすれば、どうだろう。彼らが、トカゲが洪水で世界を破壊させるなどという話を教えたはずはないだろうね」

マーフィーはシャリに、プロジェクターのスウィッチを入れてくれと頼んだ。

「いまから見せるのは、洪水の物語がどのように伝わりえたかを示す図だ。中東のところから世界のあらゆる場所へ、矢印がのびているのが見えるだろう。ノアがアラト山に着いたあと、人間の数はどんどん増えていき、やがて、バベルの塔が建設されたと言われている。そのとき、神が全地のことばを乱され、ひとびとは世界中にちらばっていった。長年のあいだに、その物語は広く伝わっていき、それぞれの土地で改変された。このように考えるほうが、全世界に五百をこえる数の洪水伝説が残っている理由の解釈としては論理的だろう。すべての伝説は、ひとつのみなもとから出ていると、わたしは考えている。共通の起源を持つのだと」

マーフィーは、ポールがその主張の弱点を見つけだそうと思案していることを見てとった。シャリとポールの仲がむずかしくなってきていることも、見てとれた。シャリは不愉快な顔をし、その隣にいるポールは、顔をしかめて一心に考えている。

「もし、洪水に関する先生の主張が正しいとすれば」ようやく、ポールが口を開いた。「それは進化論を否定することになりますね。両立することはありえないと思うんですが」

「同感だね」とマーフィー。

「つまり、一方にあるのは、山ほどの神話や伝説であり」ポールがつづける。「もう一方にあるのは、化石という証拠を根拠とする、科学的に証明された進化論というわけです」いやみな薄ら笑い。「自分がどちらをとるかは、考えるまでもないような気がしますね」

シャリが吐き気を催したような顔つきになったので、マーフィーは、自分はポールの反論で度を失ったり腹を立てたりしてはいないことをシャリに示してやろうと、にっこりとポールにほほえみかけた。

「いい点を突いてくるね、ポール。たしかに、証拠は証拠だ。前の学期に、考古学の発掘調査によって、聖書の信憑性を裏づける証拠が二万五千以上も発見されているという事実を示したことは、きみも憶えているだろう？　また、聖書の記述を否定するような人工遺物は、ひとつとして発掘されていないということも？　ひとつ指摘しておきたいのは、きみの言う進化論の証拠、いわゆるミッシングリンクというものは、どれもこれも、捏造もしくは誤認、あるいはまた、たんなる希望的観測の産物にすぎなかったことが、のちに判明しているんだ。大英自然博物館の元館長であり、高名な進化学者であるコリン・パターソン博士ですら、進化論の証明に適用できるような移行期の化石はただのひとつも存在しないと認めている。そこで、ポール、きみにきくが、もしだれかが箱舟の残骸を発見したら、きみはどのように考えるのだろう？　そのときには、進化論を捨てざるをえなくなるのではないかね？」

ポールは肩をすくめた。

「そうですね。この首をあげてもいいです」

マーフィーは彼に人さし指を向けて、ふりまわした。

「できもしないことを約束してはいけないな、ポール。きみの首などはいらないから、開かれた心で聖書を読み、その教えをよく考えることだけを約束してくれればいい」彼はほかの学生たちのほうへ顔を戻した。「だれかが箱舟の残骸を発見したらどうなるかということを、考えてみよう。それは、これまでのもっとも重要な発見ということになるだろう。しかし、さらに畏怖すべきは、それは、神がほんとうに洪水によってこの世の悪を裁いたことの証明ともなるんだ。そして、聖書にある、その洪水による裁きの予見が正確であるのならば、つぎの裁き――イエスの語る、人の子の裁きの予見もまた、正確であるにちがいないということになる！」

ポールにはそのことばに対する反論の持ちあわせはないように見え、シャリは目に見えて安堵していたので、マーフィーはばらけていた講義メモを集めて、まとめにかかった。

そのときふと、虫が知らせたものか、彼は顔をあげて、講義室の後ろの壁にもたれていた、あの粋にスーツを着こなした男のほうへ目を向けた。

が、男は姿を消していた。

23

マーフィーは急いで講義室を出てみたが、目に入ったのは、あちこちの教室から出てきて、つぎの授業の教室かカフェテリアへぶらぶらと歩いていく学生たちの姿だけだった。ブルーのスーツ姿の男は、影もかたちもなかった。しかたなく、メモを回収しに講義室にひきかえそうとすると、そこに男がいた。ドアのところに立って、片手をさしだしている。

「マーフィー教授、シェイン・バリントンです。興味深い講義でしたよ」

道理で見慣れた顔だったはずだ、とマーフィーは思った。

「ついさっき、ローリーに飛んできたところでね」それで、すべて説明がつくだろうと言いたげな口調だった。「ノアの箱舟の捜索? 興味深いお話ですな。長らくその捜索にあたっていると?」

「それを主題とした講座は、これで三度目になりますね」警戒しながら、マーフィーは言った。世界屈指の有力な実業家であるバリントン・コミュニケイションズの総帥がノアの箱舟という話題を持ちだすのは、奇異なことのように感じられた。なにをもくろんでいるのか——箱舟の広告スペースを買ってやろうとでも？　それなら、箱舟は行方不明になって数千年がたつのだと話せば、さぞがっかりすることだろう。「学生たちは、おおいに興味をそそられているようです」

「うん、それはわかる。わたしも興味をそそられましたからな」

「あなたが？　いや、他意はないんですが、箱舟のような聖書の人工遺物が大金を生みだすとは思えないもので。人工遺物というのは、発見されたら、万人のものとなるんです。そして、その価値はカネには変えられないほど大きいんです」

つかの間、バリントンは陰険な目つきになったが、すぐにどっと笑いだした。

「すばらしい。たいした情熱をお持ちですな、マーフィー教授。実際、それだからこそ、きみと話がしたかったんだ。いま、ちょっと時間をとってもらってよろしいかな？」

マーフィーはまだ疑念をぬぐいきれずにいたが、バリントンには心を動かさずにはいられない魅力があった。それに、バリントンの真意がなんであれ、話をするだけならなんということはないだろう。

「運のいい方ですな。たまたま、つぎの講義まで半時間ほど余裕がありますよ」

マーフィーはキャンパスの向こう側にある学生会館に彼を案内すると、アイスティーをふたつ注文し、静かなテーブルを見つけて、そこに腰をおろした。

「まずは、奥さんが亡くなられたことに対して弔意を述べさせてもらいたい。あれは衝撃的で、恐ろしいできごとだった。犯人は、もう逮捕されたのかね？」

「いえ、まだです」

暗い声で、マーフィーは答えた。はてさて、なぜバリントンはそんな話を持ちだしたのだろう。こちらが好奇心をくすぐられたことを、バリントンは見ぬいたように見えた。

「わたしの息子も、殺されましてね――きみの奥さんと同じころに」

マーフィーはうなずいた。

「そのことは耳にしています。お気の毒に」

「ありがとう。つまり、その、マーフィー教授、わたしたちには共通点があるというわけだ。愛する者を失う苦悩を味わったということに変わりはない。アーサーを失ったことは、わたしの人生に新たな視点を与えることになった――なにが重要なのかということを見つめなおしたんだよ」彼は笑みを浮かべた。「疑わしげな顔をしてるね、マーフィー教授。まあ、おたがいの見解がまったく同じということはないにしても、きみもわたしも、自分なりのやりかたで影響力を行使して、世界を変えようと心がけているのはたしかなところだ。そこで、わたしはこう考えた。もし協力して仕事をすれば、さらに大きな影響力を行使することができるのではないかと」

たっぷりと下稽古をしたおかげで、そのせりふはすらすらと口をついて出てきたものの、なんとバリントンとしたことが、ふと気がつくと、息子が死んだ日に——息子の命を救うことができなかったあの日に——心が舞いもどっていた。とはいっても、バリントンは、彼自身、父に愛されていなかったのと同じく、息子を愛してはいなかったというのが真実だった。現実には、彼にはマーフィーとの共通点など、なにもない。

いや、ひとつだけ、あった。マーフィーの妻もバリントンの息子も、同じ男に殺されたのだ。

タロンに。

そして、もちろん、彼にはその事実を明かすつもりはなかった。

「この世には暴力と無秩序があふれかえっている」バリントンはつづけた。「犯罪と暴力があふれかえっている。わたしはバリントン・コミュニケイションズの力を行使して、それと戦おうと思っているんだ」

「どうやって？」とマーフィーは問いかけて、ティーを飲んだ。

「情報。コミュニケイション。われわれが世界をよく知り、たがいをよく知りあうほど、軋轢を引き起こす原因は少なくなる。その意味はおわかりですな？」

マーフィーはうなずいた。

「なるほど。ただ、ひとびとに真実を伝えるということに関して言わせてもらうなら、真実は、ときに軋轢を導くものでもあり、また、そのために戦わなくてはならないものでもあるということです」

バリントンは考えこむような顔になった。

「言わんとすることはよくわかる。で、その大きな軋轢のなかで、ほかでもない、きみにとっての戦いとはどういうものかね？」

「わたしは聖書の真実性を証明しようとつとめているだけです」マーフィーは簡潔に答えた。

「なぜ、そのことがそれほど重要だと？」

「理由はいろいろとありますが」とマーフィー。「ひとまず、一例を挙げましょう。もしノアの箱舟の実在を証明できれば、神がノアの時代に悪事をおこなう者たちを懲らしめたというのは事実であったことが確認できる。そして、聖書には、いずれつぎの裁きが来ると記されているのだから、それを真剣に受けとめて、われわれの人生を彼の意志に沿うものに変えたほうが賢明だということになるわけです」

「ひとびとの不滅の魂を救うと」アイスティーをかきまぜながら、つくづくとバリントンが言う。「それ以上に重要なことがありえようか。そういうことだね？　それなら、そのメッセージをより多くのひとびとに伝えられるにこしたことはない」

「それはもちろん」マーフィーは同意した。

「では、そのことばをひろめるために、世界屈指の影響力を持つケーブルテレビのチャンネルのひとつを利用するチャンスがめぐってきたら、それは——どう言ったものかな？——天与の機会ということになるのでは？」

「そうでしょうね」とマーフィー。

　バリントンは、賭け金を総なめにしたポーカープレイヤーのように、にやっと笑った。

「そう言ってくれることを期待していたんだ。そこで、マーフィー、ひとつ、仕事を提示したい。バリントン・コミュニケイションズ・ネットワークで仕事をしてもらえないか」

　マーフィーは口を開いたが、ことばがなにも出てこなかった。なにを言えばいいものか、さっぱりわからなかったのだ。それをよそに、バリントンが話をつづける。

「じつは、特別番組を制作する部門を発足させようと思ってるんだ。きみには、考古学分野のドキュメンタリーを制作するティームを統括してもらいたい。科学番組や硬派系の番組をもっと観たいと思っている視聴者なら、この種のものを楽しんでくれるだろう。きみが率いるスタッフは、きみが選んでくれればいい。撮影と編集のクルーは、こちらが提供する。内容に関しては、きみに全権を与えよう。どんな番組を——どんなテーマで——つくるかは、きみに任せる。費用は問わない。どうかね、この話は？」

はっきりいって、とほうもない話だった。講義室に立って、百人ほどの学生に語りかけるのではなく、全世界の何百万人もの人間に語りかけることができるとは。しかも、講義の場合は、その内容に関して連日のようにディーン・フォールワースとやりあわなくてはならないが、これは、自分の思いのままに、どのような方向にでも持っていくことができるのだ。

「いやまったく、なんと言えばいいものやら。わたしは一介の考古学者にすぎませんのでね」

「うそではなく」テーブルの上に身をのりだして、バリントンが力説する。「きみにはスターの素質がある。カリスマがあると言おうかなんと言おうか、とにかく、そういうものがあるからこそ、きみは傑出した教師なんだ。ひとびとは、きみに反応する。きみを信用するんだ」

で、なぜ、わたしがあんたを信用しなくてはいけないと？　マーフィーは疑念を覚えていた。ほんとうの狙いはなんなのだ？

ひどく鮮明な夢を見ていたのが、急にぱっちりと目が覚めたような感じがした。

「ありがたいお話ではありますが、バリントンさん、ノーとお答えするしかないですな」

また、バリントンの顔が陰険なものになった。どうやら、他人にノーと言われるのは気に入らない男であるらしい。

「結論を急ぐことはない。時間をとって、よく考えてもらいたい。ほかになにか要望があるようなら、注文をつけてくれればいい。その解決策は、必ずこちらで見つけよう」

マーフィーは、いらだちを覚えはじめていた。カネで動く男だと思われるのは、気に食わない。

「答えはノーです。ご親切には感謝しましょう」

「さしつかえなければ、その理由を聞かせてもらえないか?」バリントンが、もはや険を含んだ声を隠そうともせず、問いかけてきた。

「あなたの低俗なテレビ局の片棒を担ぐのはいやだというわけです。昨夜のあの深夜番組などは、ポルノとしか言いようのないものだった。ゴールデンアワーのショーにしても、性的な言辞や俗悪なことばづかいがあふれかえっていて、道徳を誹謗する意図が見え透いていた。コメディー番組はというと、アメリカの美点をなんでもかんでも笑いの種にしてしまう。社会の現実を扱う番組は、現実の一端にすら触れていない。

しかも、あなたは堕落した政治指導者たちを支援している。もし、わたしが見落としている番組があるとしたら、その点に関しては謝罪したい。ひとつ、『詩篇』の一節をわかりやすく引用させていただこう。〝わたしは悪の天幕のなかに住まうぐらいなら、わが神の家の門番をしているほうがいい〟」

バリントンは小指一本動かさず、じっとすわっている。マーフィーは、バリントンがこちらに手をのばして、喉につかみかかりたくてたまらない思いに駆られていることを感じとっていた。だが、なにかが彼を思いとどまらせている。怒りよりも強いなにかが、そうさせているのだ。それはいったいなんなのだろう。

バリントンがゆっくりと立ちあがって、ネクタイを直した。そして、上着の前を撫でおろすと、鎮まらない怒気をろくに隠そうともしない顔つきで、片手をさしだしてきた。

「いずれまた会おう、マーフィー。いずれまたな」

マーフィーは両手をテーブルの上に置いて、椅子にすわったまま、その視線を受けとめた。バリントンがきびすをめぐらせて、足早に立ち去っていく。

マーフィーは、その後ろ姿を見つめた。いまのはいったいどういうことだったのか、まだ意味が把握できなかった。よく考える必要がありそうだ。が、そう思ったとき、携帯電話が鳴りだした。

「マイクル。ヴァーンだ。せんだっての件についてだけどね。アララトの探査隊に入ってチョッパーを飛ばすという話に、またこっちから返事をすると言っておいただろう」

「マーフィーです」

「うん。ジュリィと話しあって、どんな結論を出したんだ？」

「答えはイエスだ」

「ジュリィはどう思ってるんだ？」とマーフィーはきいた。

「うそをついてもしょうがない。彼女は心配してるよ。おれが死んじゃうんじゃないかと思ってね。トルコはいま、アメリカ人にとっては安全じゃないところだとわかってるんだ」

「奥さんの考えは正しいよ。むりして行ってくれなくてもいいんだぞ」

「それは重々承知なんだが、これはわが家の暮らしむきをもっとよくできる、またとない機会だからな。そういうふうにしたければ、ときには危険を冒さなきゃいけないってことさ。それに」彼はくくっと笑った。「おれ抜きじゃ、これはできないだろう。なにしろ、戦闘中のあんたをこの目で見てるからな。あんたには、背後を警戒してくれる人間が必要だってことさ」

マーフィーはにやっと笑った。

「だれかにやってもらうしかないとすれば、ほかには考えられないね。参加してくれることになって、よかったよ、ヴァーン」

彼は電話を切って、池のほうへ目をやった。寒気がじわじわと身にひろがっていく感じがあった。

バリントンの申し出が毒杯を意味していたことは、たしかだった。一見、魅力的だが、危険きわまりない。そして、この自分も、旧友のヴァーンにひとつ申し出をした。ヴァーンもまた、同じようにそれに誘惑された。魅力的だが、命とりになりかねない。もし、そうなってしまったら、自分はどんな気持ちになるのだろう？

24

ポール・ワラックは図書館にこもって、エジプトの王家の谷における考古学的発掘に関する書物からメモをとることに没頭していた。背後に男が立っても、気がつかず、その男が隣の椅子に手をのばして引き寄せたときになって、ようやくだれかの気配を察したという調子だった。

「ここにすわってもかまわないかね？」

ポールはメモから目をあげようともしなかった。

「どうぞ、おかまいなく」と応じたとき、なにかを感じて、彼はそちらをふりむいた。

「バリントンさん！　どうしてこんなところにおられるんです？」

バリントンはほほえんで、片手をさしだした。

「投資先の動向を探りに来たのさ、ポール！」

「あなたの投資は業績好調ですよ」元気いっぱいにポールは言って、本を閉じた。

「奨学金を出してくださって、ありがとうございます。教会の爆発事件のあと、わざわざ、入院中のぼくを見舞ってくださって、とても光栄に思っています」

バリントンは、そんなことはいいからと手をふってみせた。

「あれは、だれにとってもつらい時期だったし、わたしにとってもそうだったんだ、ポール。アーサーを失って、わたしはすっかり落ちこんでいた。父親を亡くしたときのきみのようなものだったろうね。おそらく、アーサーを失ったために、きみのことをちょっと息子のように感じかけていたんだと思う。きみの気にさわらなければいいんだが」

ポールは、バリントンが予想したとおり、気弱な笑みを返してきただけだった。いたって感情を操作しやすい若者だ。

「よければ、ちょっと勉強をひと休みして、散歩に出かけないかね？」

「いいですとも。どのみち、ここでの調べものは終わりかけていましたから」

いっしょに図書館をあとにするとき、ポールは、ほかの学生たちがこちらを指さして、なにやら話をしていることに気がついた。のんびり、気らくにしているように見せかけることに専念していても、体が火照ってしかたがなかった。世界でいちばん顔の売れている事業家が、この自分、ポール・ワラックに会うためにプレストンに来ているのだ。

ふたりは、アザレアと花水木が日陰をつくっているベンチを見つけて、そこに腰をおろした。

「ポール、あるアイデアをきみに提示したい。一考に値するものだと思うよ。ここを卒業したら、わたしの会社で働くことを考慮してほしいんだ。きみは頭がいいし、勤勉家であり、ティームプレイヤーでもある。こういう資質を併せ持つ人物は、じつにまれなのでね」

ポールは懸命に、興奮をおもてに出すまいとつとめた。

「なんと申しあげればいいものやら、バリントンさん。それは、とほうもなくすばらしい機会だと思います」

「いいかね、わたしが考えているのはこういうことなんだ、ポール。思うに、きみには真の指導者になる素質がある。よければ、バ《B》リントン・コ《C》ミュニケイションズ・ネ《N》ットワークに入社して、まずは実習生として仕事をしてもらいたい。きみをわたしの手もとに置いて、指導していきたいんだ。きみなら、わが総合メディア企業において、大成功をおさめることができるだろう。父親が印刷業を営んでいたわけだから、もともとメディア業界でやっていく下地はある。父親からそれなりの技能は学んでいるにちがいないからね」

ポールはうなずいただけだった。

「こんなふうにしてもらいたい、ポール。大学はつづけてくれていい。勉学に必要な費用は、すべて面倒を見よう。ただ、そうしながら、ライターとしての技能を磨くこともはじめてほしい。手始めとして、毎週、見本としてなにかを書き、それをわたしに送ってくれないか。たとえば、聖書考古学の授業を題材にするとか。マーフィー教授が教えているやつだ。その授業で教えられたことを四ページのレポートにして、わたしに送付するということからはじめよう。わたしはその内容に目を通し、助言を添えて送りかえす。そういうことで、どうだろう?」

「あれは、いちばんおもしろい授業のひとつなんですよ。すばらしいお話です。きっと、あなたからいろいろと学ばせていただけるでしょう」

「けっこう。では、それからはじめることにしよう。そうそう、言い忘れたが、仕事をあてがっておいて、奨学金を支給するだけというのは不当なことだから、それに対しても報酬を払うことにしよう。レポートの作成については、時給二十ドルということでかまわないかね?」

ポールは自分の耳が信じられない気分だった。大学に通うための費用をまかなってもらえるだけでなく、時給二十ドルのパートタイム仕事までさせてもらえるとは。おまけに、卒業したときには、高給の職にありつけることまで保証してもらったのだ。これほどいい話は、またとない。

「ポール、最終的な答えを言う前に、じっくり考えることが大事だよ。むり押ししたり、結論を急がせたりするつもりはないんだ。なにしろ、こちらはきみに、専攻のコースでの勉学に上乗せして、やらなくてはならない仕事を頼んでいるんだからね。きみにはいつも、気持ちよく、楽しくやっていてほしいと思ってるんだ。だから、この依頼を断わったら、わたしがなんと言うだろうかなどと心配することはない。さっき言ったように、きみのことは息子のように考えている。これはひとえに、きみのためになるならと思ってのことなんだ」

ポールは口を開こうとしたが、バリントンが片手をあげてそれを制した。

「おっと、まだひとつあった。この週末は暇かね？　『オペラ座の怪人』の切符を手に入れたんだ。ニューヨークまで飛んできて、わたしといっしょに観に行かないか？　夜は、わたしのペントハウスに泊まってくれればいい」

「すばらしいお話です、バリントンさん。それに、書くのは飛行機のなかでもできますし」

バリントンはポールの肩をぽんとたたいてから、立ちあがって、歩きだした。

「よろしい。金曜日の午後、わたしのリムジン《リモ》をさしむけて、きみを空港まで送りとどけさせよう」彼はわざとらしく腕時計に目をやった。「わたしはいまから、そこへ向かわなくてはいけない。しっかり勉学をつづけるんだぞ、ポール」

「はい、ありがとうございます、バリントンさん」ポールは、立ち去っていく彼にことばを返した。

そのあと、ポールは呆然とすわったまま、自分がニューヨークにあるバリントンの会社で、ビジネスにまつわる重要なあれこれを学んだり、側近として機密情報に接したり、何百万ドルのカネが動く決定がなされるのを目にしたりしているさまを思い浮かべてすごした。

「わるいけど、シャリ」と彼はつぶやいた。「この週末の聖書研究会には参加できなくなりそうなんだ。じつは、ニューヨークへ行くことになってしまってね。シェイン・バリントンがじきじきに――」

「ヘイ、ポール。なにをひとりごとを言ってるの?」

ポールはどぎまぎしながら、目をあげた。

「あ、ハイ、シャリ。いや、べつに。ちょっとあることを思いかえしてただけだよ」

彼女がかたわらに腰をおろす。

「さっきいっしょにいたひとは、シェイン・バリントンなんじゃない?」

ポールは落ち着かない顔になった。シャリがバリントンをうさんくさく感じていることは、わかっていた。バリントンがポールに関心を持っているのは、あの爆発事件になにか怪しい点があるためだと思っているのにちがいない。だが、彼女は、それがなんなのかについては、けっして明言しようとしない。ポールにしても、また言い争いの種を増やすようなことはしたくなかった。とりわけ、いまは。

「うん、そうだよ」慎重に、ポールは答えた。

「なにをしに来たの？　あなたに会いに来ただけ？」

ポールは話題を別の方向に変えるつもりでいたが、シャリの口調には癇に障るものがあった。

「なにがいけないと？　彼はぼくの成績に関心があるんだ。それだけのことさ」

「なぜ、バリントン・コミュニケイションズの総帥があなたの成績に関心を持たなきゃいけないの？　あなたはただの学生であって、ポール、世界的に有名な教授なんかじゃないのに」

ポールは、顔が熱くなってくるのを感じた。

「あ、そうだね。ぼくは、聖書の寓話は実際にあったんだってことを証明しようなんて、いかれた考えは持ってないさ。世界的に有名なマーフィー教授とはわけがちがう」

シャリもまた、ポールと同じくらい、怒りを募らせていた。

「寓話じゃないわ！　どうしてそんなことが言えるの？　あなたは聖書考古学に興味があるんだと思ってたのに。マーフィー先生の授業が好きなんだと思ってたのに」

ポールは、手に負えない方向へ話が進んでいることに気がついた。

「わかった、わかった。マーフィー先生の授業はとても……刺激的さ。ただ、彼は現実世界に住んでるのかどうか、そこのところがよくわからないってだけのことでね」

シャリはようやく、ことのいきさつを理解して、うなずいた。

「じゃあ、バリントンは？　どうして？　彼はおカネを持ってるから？　成功したひとだから？　彼がどうやっておカネを稼いだのかをよく考えて、ポール。くずみたいな番組を売りものにしてなのよ」

「テレビを観てもいないくせに」ポールはやりかえした。「聖書ばかり読んでないで、たまには別のものを観れば、ものの見方が変わるだろうよ」

「ついこないだ、この週末の聖書研究会に参加するって約束してくれたでしょ、ポール。それなのに、もう興味はなくなったっていうわけ？」

ポールは大きく息を吸った。シャリと目を合わせることができなかった。

「話そうとは思ってたんだ。ちょっと用事ができちゃってね。行けなくなったんだ」

「シェイン・バリントンと関係のある用事？」

「うん。どうしても知りたいっていうんなら、言うよ。この週末、ニューヨークに招待してくれたんだ。彼の事業をいろいろと見せてくれるって。すばらしい機会だろう、シャリ。ノーと言えるわけがないだろう？」

シャリはポールを見つめた。言い争いはさんざんしてきた。聖書のこと、進化論のこと。ひどい口論になることも、ときにはあった。それでも、ふたりは、少なくとも相手に対して誠実ではあった。そして、どんなにひどい言い争いをしても、おたがいが相手に対して誠実であるかぎり、自分たちにはまだ望みはあると思えたのだ。

だが、いま、ポールはうそをついた。シャリにはその確信があった。

そして、いままでは一度もそんなことはなかったのに、彼がこそこそと逃げだそうとしていることを、シャリは感じていた。

（上巻　終わり）

◎訳者紹介　公手成幸（くで　しげゆき）
英米文学翻訳家。主な訳書に、ハンター『ダーティホワイトボーイズ』『ブラックライト』『狩りのとき』『悪徳の都』『最も危険な場所』（以上、扶桑社ミステリー）、T・J・マグレガー『霊能者狩り』（創元推理文庫）など。

バビロン・ライジング
ノアの箱舟の秘密（上）

発行日　2005年8月30日　第1刷

著　者　ティム・ラヘイ＆ボブ・フィリップス
訳　者　公手成幸

発行者　片桐松樹
発行所　株式会社 扶桑社
東京都港区海岸1-15-1 〒105-8070
Tel.(03)5403-8859（販売）　Tel.(03)5403-8869（編集）
http://www.fusosha.co.jp

印刷・製本　株式会社 廣済堂
万一、乱丁落丁の場合はお取り替えいたします。

ISBN 4-594-05005-0 C0197
Printed in Japan（検印省略）
定価はカバーに表示してあります。

扶桑社海外文庫

星の運命《さだめ》(上・下)
ミカエラ・ロスナー　吉浦澄子／訳　本体価格各800円

16世紀フィレンツェ。カテリーナ・デ・メディチと少年トマーゾの激動の日々。占星術、美術、料理、そして愛……華麗な歴史絵巻登場！【カバー・里中満智子】

二人の時が流れて
アニータ・シュリーヴ　羽田詩津子／訳　本体価格1143円

異邦アフリカで出会った、二人の詩人リンダとトマスの奇跡的純愛……。大ベストセラー「パイロットの妻」の著者が驚くべき筆致で描く衝撃の純文学巨編。

イエスの古文書(上・下)
アーヴィング・ウォーレス　宇野利泰／訳　本体価格各819円

イエスの実弟が記した福音書が発見された！　次々くつがえされる救世主像、そして深まる謎……爆発的成功をおさめた最高の歴史ミステリー。〈解説・三橋暁〉

運命の女神像(上・下)
ノーラ・ロバーツ　清水寛子／訳　本体価格各933円

古代ギリシャで作られた「運命の三女神像」。盗まれた家宝の行方を追うサリヴァン家の三兄妹のロマンスが交錯する。巨匠会心のロマンティックサスペンス！

＊この価格に消費税が入ります。

扶桑社海外文庫

雪原決死行（上・下）
ジョン・ギルストラップ　飯島宏／訳　本体価格各838円

吹雪に見舞われ、セスナ機が墜落！　雪山の中、十六歳の少年スコットを助けた謎の男をめぐりさらなるドラマが展開する。新鋭が放つ緊迫度満点の冒険巨編！

核の砂漠
アンドリュー・スティーヴンスン　塩川優／訳　本体価格952円

米海軍の歴戦の勇士が突然解任された。その裏には、米ロ両大国の卑劣な陰謀があった！　放射性廃棄物という現代的なテーマに挑む、注目の冒険ミステリー。

バビロン・ライジング　秘宝・青銅の蛇を探せ（上・下）
T・ラヘイ&G・ディナロ　公手成幸／訳　本体価格各857円

預言者モーゼの作った聖遺物の行方を追う考古学者を襲う秘密結社とは？「インディ・ジョーンズ」をしのぐスケールで展開する超大型冒険伝奇、ここに開幕！

おれの中の殺し屋
ジム・トンプスン　三川基好／訳　本体価格800円

田舎町の保安官助手ルー・フォードの心には危険な殺し屋がひそんでいた。その殺人衝動が目覚めるとき——ノワールの金字塔、新訳決定版〈解説S・キング〉

＊この価格に消費税が入ります。